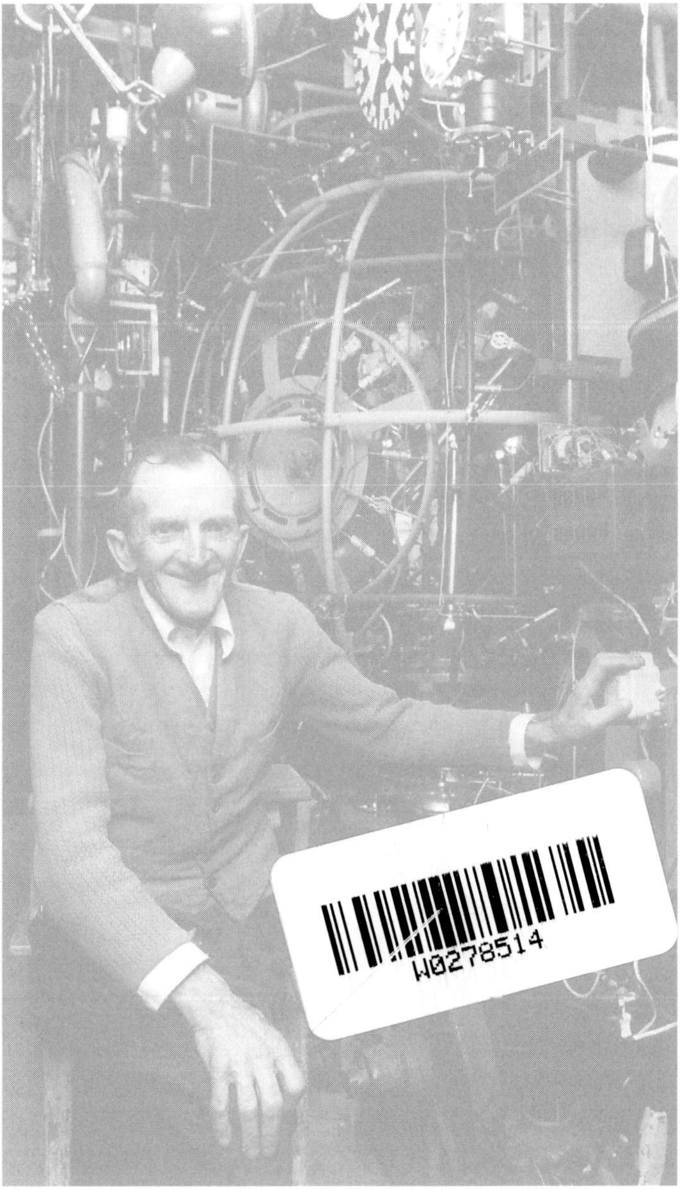

Klaus Ferentschik

Der Weltmaschinenroman

Matthes & Seitz Berlin

Ich sehe Tag und Nacht immerfort Räder vor meinen Augen – was ich auch daneben sonst noch denken mag – immer Räder – Räder – es ist beinah unheimlich.

Ich glaube nicht mehr, daß ich das alles mache – das macht ein Andrer in mir. Ich beschäftige mich einfach wider meinen Willen mit dem alten Problem. Vielleicht ist dieser passive Zustand für alle Künstler und Erfinder der beste – dann kann der Andre in uns am leichtesten wirksam werden.

Paul Scheerbart – Das Perpetuum Mobile

„Das da! Das ist es! Ganz klar, das da!“

Fast fassungslos und völlig fasziniert starrte Gsellmann auf die Zeitung, die vor ihm auf dem Tisch lag. Er hatte sie eben erst aufgeblättert, um sich einem Artikel zu widmen, und war unmittelbar beim Anblick der Abbildung zusammengezuckt.

„Da, schau es dir an. Schau es dir ganz genau an.“

Gsellmann bewegte bei diesen Worten kaum die Lippen und schon gar nicht den Kopf, denn es war ihm unmöglich, seinen Blick von diesem Bild abzuwenden. Ihm gegenüber am Küchentisch saß seine Frau und wunderte sich über die plötzliche Unruhe ihres Gatten. Sie war sich nicht sicher, ob diese Sätze überhaupt ihr galten, denn es klang, als spreche er mit sich selbst und ermahne sich zur absoluten Aufmerksamkeit, damit ihm etwas völlig Außergewöhnliches nicht entginge. Sie hielt inne in ihrer Strickerei, rückte mit dem Stuhl näher, legte Wollknäuel und Nadeln auf den Tisch und blickte in die Zeitung. Mühsam entzifferte sie die für sie auf dem Kopf stehenden Blockbuchstaben einer Überschrift, die auf die Weltausstellung in Brüssel hinwies. Aber das Interesse ihres Mannes schien nicht so sehr dem

Artikel zu gelten, denn er starrte unablässig auf das abgedruckte Foto, das eine eigentümliche Konstruktion zeigte. Mehrere Kugeln schienen dabei einzeln auf Eisenträger gepfropft und durch diese gleichzeitig miteinander verbunden zu sein. Die oberste Kugel erhob sich gen Himmel, ein paar zweigten seitwärts ab und die unterste wuchs scheinbar aus dem Dach eines runden Gebäudes. Das Ganze stellte ein merkwürdiges Gebilde dar, über dessen Bedeutung sie sich in keiner Weise klar war. Da ihr Mann sich nach wie vor vollends hingerissen zeigte und kein weiteres Wort seinen Lippen entwich, bewegte sie ihre und wollte wissen, was das denn sein solle.

„Das Atominium", sagte er, „der Atomkern an sich und das Wahrzeichen der jetzigen Weltausstellung in Brüssel – und unter uns gesagt, akkurat das, was ich schon lange suche."

Er sagte tatsächlich Atominium, obwohl unter der Abbildung wie auch im Artikel eindeutig Atomium zu lesen war.

Seine Frau schaute ihn mit großen Augen an, die eine Mischung aus Erstaunen und Unverständnis signalisierten. Aber Gsellmann äußerte sich nicht weiter dazu, sondern nickte nur stumm, bevor er die Zeitung ergriff, sie sorgfältig zusammenlegte, damit die Abbildung keine Knitterfalten bekam, und aufstand. Er schob die Zeitung unter den angewinkelten Arm, schlurfte aus der Küche und murmelte, völlig in sich versunken: „Ja, das da, ganz klar, das da".

Seine Frau strickte noch eine Weile weiter und stand dann ebenfalls auf. Sie verließ die Küche, ging aber nicht ihm nach, sondern durch die andere Tür, die in den Hof führte. Die abendliche Arbeit musste allmählich angefangen werden und begann wie immer damit, dass sie den

Hühnern eine Hand voll Weizenkörner hinwarf und in den Nestern nach Eiern sah. Dabei vergewisserte sie sich, dass im Hof zwischen dem Haus und dem Gebäude mit den Ställen alles seine Ordnung hatte. Ein frischer Wind strich durch die Dämmerung und blies ihr feuchte Luft ins Gesicht, die nahen und fernen Hügel der Umgebung waren wolkenverhangen und kaum wahrzunehmen, aber das scherte sie nicht. Ihr fröstelte, als sie den Hof überquerte, das Federvieh mit Körnern versorgte und kurz danach vor dem Stall stand, in dem sie täglich zweimal die Kühe molk. Sie band sich eine der Schürzen um, die an der Tür hingen, schob die Füße in Holzschuhe und betrat den weiß gekalkten Raum, dessen Decke etliche Spinnweben zierten. Das Vieh begrüßte sie mit seinen üblichen Tönen und beobachtete die Bäuerin, die davon ungerührt sich ihren Tätigkeiten widmete. Sie griff in ein blechernes Gefäß voller Melkfett, bestrich damit das Euter einer Kuh, hockte sich davor auf einen Schemel und nahm die Zitzen in die Hände. Mit geübten Griffen entlockte sie ihnen flüssige, weiße Strahlen direkt in den Eimer, der zwischen ihren Beinen stand, als von draußen Geräusche erklangen.

Ihr Mann kam in den Stall und schob mit einer Gabel einen Ballen Heu vor sich her. Er trug eine lederne Kutte über seiner Jacke, Gummistiefel an den Füßen, und verteilte das Futter an das Hornvieh. Dabei achtete er sorgfältig darauf, dass die beiden Ochsen stets mehr zu fressen bekamen als die Kühe, denen schließlich keine körperliche Arbeit abverlangt wurde. Die konnten den ganzen Tag im Stall stehen und wiederkäuen, die Ochsen hingegen erwiesen ihm auch bei Transporten gute Dienste, obwohl er sie meistens zum Bewirtschaften der Felder einsetzte.

Ohne seine melkende Frau zu grüßen oder sie überhaupt eines Blickes zu würdigen, verrichtete er schweigend seine Arbeit, streute mit einer Gabel Heu in die Tröge und verließ diesen Stall wieder, um in dem anderen, der sich daneben befand, die Schweine zu füttern. Auch hier hörte sie ihn nicht wie gewöhnlich mit den Tieren sprechen, was er sonst immer zu tun pflegte, egal ob im Stall, im Hof oder draußen auf dem Feld.

Aber an diesem Abend verrichtete er stumm seine Arbeit, und auch als sie etwa eine Stunde später beim Nachtmahl saßen, war kein Wort von ihm zu hören. Sogar das Gebet musste der Sohn sprechen, der den ganzen Nachmittag Futterrüben in den Vorratskeller neben Schuppen und Stall geschleppt hatte. Es war wichtig, rechtzeitig den Vorrat zu verstauen, bevor der Herbst seine richtig raue Seite zeigte und mit nächtlichen Minusgraden aufwartete. Das konnte in dieser Gegend, in der die Sonne früh hinter den Hügeln verschwand, mitunter schneller als angenommen vorkommen.

Noch bevor das Abendbrot beendet war und die Tochter das Geschirr abgeräumt hatte, stand Gsellmann auf und verließ wiederum wortlos die Küche. Er kehrte auch den ganzen Abend nicht mehr zurück, um sich zu den anderen Familienmitgliedern zu gesellen. Die saßen in der Küche, lauschten gemeinsam dem Radioprogramm, unterhielten sich und verrichteten dabei verschiedene Handarbeiten.

Als später seine Frau ins Schlafzimmer kam, saß er am Tisch neben dem Ehebett, vor sich die Zeitung mit der aufgeschlagenen Seite, die das seltsame Gebilde zeigte, dessen Namen sie sich nicht gemerkt hatte. Auf ihre Frage, wo er denn den ganzen Abend geblieben sei, sagte Gsellmann, er habe hier studiert. Das bezog seine Frau auf das Lesen der

Zeitung, denn ihr Mann pflegte immer „ich studiere“ zu sagen, wenn er las, ganz gleich was. Folglich legte sie sich ins Bett, ohne seinen Worten tiefere Bedeutung beizumessen, obwohl er sich in den letzten Jahren sehr selten hingesetzt hatte, um sich mit dem Geschriebenen zu befassen. Früher war das häufig der Fall gewesen, zumindest in den Herbst- und Wintermonaten, wenn weniger Arbeit verrichtet werden musste und die Verhältnisse draußen nicht dazu einluden, das Haus zu verlassen. Für diese Zeit lieh sich Gsellmann regelmäßig in der Bibliothek der Bezirkshauptstadt Feldbach mehrere Bücher und Zeitschriften aus. Die meisten davon beschäftigten sich mit Technik, mit Mechanik und Elektronik und enthielten Bilder und Artikel über Raketen, Düsenjäger, Hubschrauber und andere Flugvehikel sowie Schiffsschrauben, Motoren und Maschinen aller Art. Nur zog er sich normalerweise für seine Lektüre nie ins Schlafgemach zurück, sondern saß dabei rauchend auf dem Bänkchen neben dem Herd in der Küche, schlürfte kühlen Most oder wärmte ihn, abgefüllt in einer Flasche, im Wasser des Ofenschiffs. Manchmal las er dort Groschenromane, die in der fernen Zukunft spielten und von ihm als utopische Hefte voller utopischen Zeugs bezeichnet wurden. Darin machten Astronauten Ausflüge in andere Universen und erlebten auf dem Weg von Galaxie zu Galaxie allerlei Abenteuer im All, als hätten sie auf dem Planeten Erde kein Zuhause. Gsellmann konnte sich vorstellen, in der Raumfahrt zu arbeiten, eventuell als Techniker einzelne Teile herzustellen und zusammenzusetzen, Weltraumkapseln zu entwerfen oder deren Flugbahnen im All zu berechnen. Aber selbst in einer Rakete zu liegen und zu fliegen, bis hinauf zum Mond oder gar zum Mars, das wäre nichts für ihn gewesen.

Am nächsten Morgen, als seine Frau aufwachte, lag er nicht neben ihr und die Zeitung befand sich auch nicht mehr auf dem Tisch im Schlafzimmer. Gsellmann saß bereits in der Küche, trank Wasser und trug, wie schon am Vortag, seinen Sonntagsstaat. Noch bevor sie ihrer Verwunderung darüber Ausdruck verleihen konnte, sagte er, sie müsse heute Morgen die Stallarbeit alleine verrichten, er habe einen weiten Weg vor sich und wisse den Zeitpunkt seiner Rückkehr nicht genau. Dann bereitete er etwas Brot und Speck vor, füllte einen halben Liter Wasser in eine Flasche, verstaute alles in seiner ledernen Tasche und brach auf.

Draußen verzog sich langsam der Nebel über der hügeligen und abgelegenen Gegend. Die Wege waren morastig und wahrscheinlich würden an diesem Tag die Postbusse wieder einmal nicht verkehren können. Schwer passierbar und holprig waren die noch nicht asphaltierten Wege hier sowieso, aber nach starkem Regen oder mehreren feuchten Tagen und Nächten nacheinander war es den Fahrzeugen unmöglich, die Strecke bis zu Gsellmanns kleinem Hof zu bewältigen. Das betraf auch andere Gehöfte in der ganzen Umgebung, über die hinweg sich diese Ortschaft verstreute, die Kaag hieß, wie karg, und die sich – hügelauf und hügelab mit Häusern, Scheunen, Schuppen, Weiden, Feldern und Wäldern bestückt – über ein großes Gebiet erstreckte. Das nächste Dorf, in dem Einkäufe getätigt werden konnten, in dem sich die Schule und die Kirche befanden, nämlich Edelsbach, lag fast 5 Kilometer entfernt, und in die nächste Stadt, nach Feldbach, war es etwas mehr als doppelt so weit.

Genau dahin wollte sich Gsellmann begeben, um am Bahnhof gewisse Auskünfte einzuholen. Angesichts der Unwegsamkeit an diesem Vormittag war es nicht ratsam, das Fahrrad zu nehmen. Zumindest nicht bis zur Hauptstraße ins Nachbardorf, in das die Fahrt, selbst bei völliger Trockenheit, einem gefährlichen Wagnis glich. Folglich blieb ihm nichts anderes übrig, als den Weg zu Fuß zu bewältigen, mit kleinen Schritten und der gebückten Haltung, die er sich im Laufe der Jahre zugezogen hatte, als eine zusätzliche Ernte seiner schweren Arbeiten. Ein kleiner, schmächtiger Mann, der ein bisschen mehr als 50 Kilogramm wog und an diesem frühen Morgen mit 3 Jacken bekleidet war. Das Thermometer zeigte keine plus 10 Grad Celsius, und er, der ständig fror, zog sich ohnehin meistens mindestens 2 Jacken übereinander an – und kaum begann es kühler zu werden, wurden es 3. So marschierte er den teilweise abschüssigen Weg ins nächste Dorf, Rohr an der Raab, in dem sich ebenfalls eine Bahnstation befand. Aber Gsellmann war der Ansicht, dass die Bediensteten, die im Bahnhof der Bezirkshauptstadt arbeiteten, bestimmt besser informiert wären. Auch hätte er von Rohr aus den nächsten Zug nehmen und mit diesem nach Feldbach fahren können, aber das kostete Geld, und Gsellmann war arm, sparsam und wusste nicht, wie viel das Vorhaben, das seit gestern alle seine Gedanken auf sich zog, kosten würde. Deshalb trippelte er von Rohr aus die Hauptstraße entlang, an der nur wenige Autos fuhren, ab und zu ein Pferdefuhrwerk und, wenn auch seltener, ein Traktor. Die Lenker der Fahrzeuge grüßten ihn unterwegs, und manche boten ihm an, ihn ein Stück mitzunehmen, aber er winkte jedes Mal sofort ab. Diesen Weg konnte er nur ganz alleine gehen und dabei einzig die Unterstützung Gottes akzeptieren.

„Ich möchte wissen, was eine Fahrkarte nach Brüssel kostet, hin und zurück, wie die Verbindungen sind, wie lange es dauert und so fort."

Zielstrebig stellte Gsellmann seine Fragen, und der Mann hinter der Scheibe des Fahrkartenschalters sah ihn mit großen Augen an.

„Nach Brüssel? In Belgien?"

„Ja, in Belgien."

Gsellmann wunderte sich über diese Frage und wollte wissen, ob es auf der Welt mehrere Städte solchen Namens gebe, aber der Bahnbeamte reagierte nicht darauf. Er hatte sich bereits in seine Kursbücher vertieft, blätterte darin, schrieb ein paar Zahlen auf einen Zettel und stellte auf einem Extrablatt Berechnungen an, deren Ergebnis er wiederum auf dem Zettel notierte. Er öffnete eine kleine, runde Luke in der Scheibe und reichte Gsellmann wortlos das Papier mit den zahlreichen Daten. Um alle Missverständnisse zu vermeiden, musste er ihm die Bedeutung dieser Ziffern, die diverse Zeiten betrafen, zweimal erklären: Die Abfahrt in Feldbach, die Ankunft, das Umsteigen und die Abfahrt in Graz, die Ankunft, das Umsteigen und die Weiterfahrt in Linz, die Ankunft im Brüsseler Bahnhof, und zuletzt den Preis, der für das alles zu zahlen war.

Gsellmann bedankte sich für die Mühe, grüßte zum Abschied und machte sich auf den Rückweg. Am Stadtrand, an einem Bächlein nahe eines Wirtshauses, setzte er sich auf die Mauer einer schmalen Brücke, packte die Tasche aus, betete, aß Brot und Speck, trank Wasser dazu und dachte lange nach. Auch auf der weiteren Strecke überlegte er hin und her, widmete sich aufs Eindringlichste seinen Gedanken, sinnierte noch während des Anstiegs zu seinem Hof und erreichte, nach wie vor völlig in sich gekehrt, das Haus. Er öffnete die Tür und justament mit dem ersten Schritt, den er in die Küche setzte, stand sein Entschluss fest.

„Ich fahre morgen nach Brüssel.“

Kaum hatte er diese Worte ausgesprochen, fühlte sich Gsellmann so erleichtert, als hätte ihn dieser Satz mit einem Schlag in die Schwerelosigkeit katapultiert.

„Nach Brüssel?“

Seine Frau schaute staunend und gleichzeitig fragend auf. Sie stand am Tisch, knetete in einer Schüssel Brotteig und erkundigte sich, ohne in ihrer Tätigkeit innezuhalten, ob das denn weit entfernt von hier liege.

„Ja“, sagte Gsellmann, „das ist weit weg, denn das liegt tief im Belgischen drinnen. Ich werde insgesamt 3 Tage unterwegs sein, und du darfst niemandem sagen, wohin ich gefahren bin, hörst du, keiner Menschenseele!“

Sie nickte, schier entsetzt, sah ihn scheel an, schabte mit einem flachen Plastikstück klebende Teigreste von ihren Fingern, und wollte wissen, was das denn koste. Gsellmann nannte die Summe und sie schlug daraufhin vor Schreck die Hände vor ihr Gesicht.

Er ließ nichts weiter dazu verlauten, verrichtete etwas später gewohnheitsmäßig seine Stallarbeit und zog sich gleich nach dem Abendessen ins Schlafzimmer zurück. Als seine Frau später herein kam, um sich zur Nachtruhe zu begeben, saß er erneut am Tisch neben dem Bett, vor sich die aufgeschlagene Zeitung mit dem Artikel über die Weltausstellung und der Abbildung des Atomiums. Daneben stand das goldverzierte Kästlein, in dem sie seit ihrer Heirat ihr Erspartes aufzubewahren pflegten, und ein paar Geldscheine lagen obenauf. Sie seufzte bei diesem Anblick, aber ihr war klar, dass er von seinem Entschluss durch nichts mehr abzubringen war.

Auch anderntags versuchte sie nicht, in ihn zu dringen und ihn umzustimmen. Nach der Stallarbeit und dem Frühstück stellte er seinen Rucksack auf den Tisch und bat sie, ihm dabei behilflich zu sein, für die weite Reise Proviant einzupacken, Speck, Käse, Brot, Most und Wasser. Gleich nach dem Mittagessen verschwand er im Schlafzimmer, um kurz darauf wieder in der Küche zu erscheinen, zur Abreise bereit. Er hatte seinen besten Anzug angelegt, eine schwarze Krawatte um den weißen Kragen gebunden, und seine Schuhe waren frisch gewichst, wie sonst nur vor dem Kirchgang. Sie steckte ihm noch 2 Äpfel ein und begleitete ihn bis zur Haustür. Draußen schien die Sonne und sorgte für mildere Temperaturen als an den vorangegangenen Tagen.

„Vergiss nicht darüber zu schweigen, dass ich weggefahren bin, sag' das niemandem, hörst du, niemandem“, schärfte er ihr zum Abschied nochmals ein und machte sich auf den Weg, um die zirka 10 Kilometer bis zum Feldbacher Bahnhof erneut zu Fuß zu bewältigen.

Die Strecke bis Graz war ihm bekannt, aber die folgende Route bildete für ihn sozusagen Neuland, und bei Einbruch der Dunkelheit bedauerte er, kaum noch etwas von der Welt draußen sehen zu können. Trotzdem starrte er die ganze Zeit aus dem Fenster, auch im Nachtzug nach Belgien, in den er in Linz umgestiegen war. Fast die ganze Fahrt über fand Gsellmann keinen Schlaf, zu umtriebig waren seine Gedanken, als beschäftigten sie sich ständig mit einer Frage, die ihn nicht ruhen ließ, weil er darauf keine Antwort fand. Zum zweiten Mal in seinem Leben fuhr er so weit von zu

Hause fort. Das erste Mal lag lange zurück, war während des 2. Weltkriegs gewesen, als er zwar nicht an die Front eingezogen wurde – allein schon seine schmächtige Statur sorgte für seine soldatische Untauglichkeit –, aber dennoch Dienst leisten musste. Statt ihn direkt in den Krieg zu schicken, beorderten sie ihn in die deutsche Reichshauptstadt und von dort weiter in die Lastwagenwerkstätten in der Nähe von Berlin, damit er dort als Handlanger mechanische Hilfsdienste verrichtete. Doch konnten sie ihn da auch nicht brauchen, denn er erschien ihnen nicht nur zu schwach, sondern verfügte dazu noch über keinerlei Zeugnisse, keine abgeschlossene Lehre oder eine andere berufliche Ausbildung. Mit der Bemerkung, hier keine Verwendung für einen Mann zu haben, der körperlich nicht kräftig genug wäre, keinen richtigen Schulabschluss und keine berufliche Ausbildung hätte, schickten sie ihn nach etwas mehr als einem Jahr wieder nach Hause.

Tatsächlich hatte er insgesamt nur 4 Schuljahre hinter sich gebracht, von denen ein Teil noch in den 1. Weltkrieg gefallen war, aber nicht nur deshalb mangelte es ihm an der Schulbildung. Zu bestimmten Jahreszeiten musste er täglich, anstatt zum Unterricht zu gehen, in der elterlichen Landwirtschaft aushelfen, und manchmal war es schlichtweg unmöglich, die knapp 5 Kilometer in die Schule zu bewältigen, weil die Witterungsbedingungen die sowieso schon unebene und ungepflasterte Strecke unpassierbar machten. Kaum war seine Volksschulzeit vorüber, ergriff er auf Betreiben seines Vaters den landwirtschaftlichen Beruf, denn einer Lehr- oder Gesellenausbildung nachzugehen wäre zu teuer gekommen. Er hätte gerne eine Elektrikerlehre absolviert, eventuell auch das Uhrmacherhandwerk gelernt oder den Beruf des Mechanikers. In eine Lehre zu gehen wäre sein Traum gewesen, ohne gleich Ingenieur werden zu wollen, obwohl er denen den höchsten Respekt entgegenbrachte. Als Elektriker, da hätte er ganz andere Möglichkeiten gehabt, die hergebrachte Mechanik würde irgendwann ausdient haben und von der Elektronik abgelöst werden. Darin lag die Zukunft, das wusste er genau und sah es erneut bestätigt in der Abbildung des Atomiums.

Ganz gleich, was es den Absichten seines Konstrukteurs nach tatsächlich darstellen sollte, Gsellmann erkannte darin etwas ganz anderes, ohne es konkret benennen zu können. Es erinnerte ihn jedoch sofort an seinen Traum, den er im letzten Jahr gehabt hatte, in dem ihm etwa 30 Minuten lang eine Maschine erschienen war. Eine Maschine, wie er sie schon seit geraumer Zeit bauen wollte, denn sein größter Wunsch bestand darin, einmal in seinem Leben einen riesigen Apparat zu schaffen, der nützliche Produkte lieferte. Bereits im jugendlichen Alter von 16 Jahren hatte er das erste Mal eine mechanische Arbeit angefertigt, und zwar einen Marienaltar, der drehbar war. Dafür benötigte er insgesamt 3 Jahre, denn die landwirtschaftlichen Verpflichtungen hielten ihn nur allzu oft von der kreativen Tätigkeit fern. Er konnte sich ganz genau daran erinnern, sah sich jetzt noch im Geiste die letzten Handgriffe ausführen und deutliche Buchstaben auf das Gebilde malen für den Altarsatz: „Ich grüße Dich heute mit fröhlichem Herzen süßeste Jungfrau Maria. 1929“.

Mehr als 2 Jahrzehnte später hatte er einen ersten Versuch unternommen, eine funktionierende Maschine, also eine die läuft und dabei ein Produkt herstellt, in der Art eines kleinen Perpetuum mobiles, zu bauen. Das dabei entstandene Eisengebilde, das seiner Ansicht nach einer kläglichen Fehlkonstruktion glich, stand nach wie vor neben den ausgestreuten Weizenkörnern auf dem Schüttboden unter dem Hausdach wie ein verstecktes Relikt seines jämmerlichen Scheiterns.

Seit ihm aber im letzten Jahr eine andere Maschine im Traum erschienen war, musste er unablässig an sein insgeheim gehegtes Projekt denken. Lange genug trug er den Apparat mit sich im Kopf herum, und nun tauchte in der Abbildung des Atomiums ein genauer Ausgangspunkt dafür auf, ein ganz konkreter Ansatz, als handelte es sich dabei um einen eindeutigen Fingerzeig Gottes.

Gsellmann drückte sein Gesicht an die Fensterscheibe, als der Zug in Brüssel einfuhr. Zuerst hoffte er, schon von weitem die Kugeln des Atomiums sehen zu können, aber es war für ihn nichts dergleichen zu erkennen gewesen. Hätte er aus den Fenstern auf der anderen Seite des Waggons geblickt, wäre es ihm für kurze Zeit geglückt, aber so schaute er in die falsche Richtung und wunderte sich, wie lange der Zug benötigte, um zu seinem Zielbahnhof zu gelangen. Er staunte über die Größe der Stadt und vor allem über die ihm fremden Sprachen, mit denen ihn die Menschen konfrontierten. Kein Wort war ihm geläufig und niemand verstand ihn, als er sich nach einer Bank erkundige wollte, um zuerst Geld zu wechseln. Eine Informationsstelle für Touristen, die er in der riesigen, unübersichtlichen Bahnhofshalle fand, konnte ihm schließlich die nötige Auskunft geben. Doch auch das klappte nicht so einfach wie erhofft, denn die diensthabende Person beherrschte zwar die deutsche Sprache, konnte aber seinen Dialekt nicht verstehen und er kein Hochdeutsch sprechen. Mühevoll gelang es ihm zu erfahren, was wichtig war. Geld könne er in einer der Wechselstuben in der Bahnhofshalle umtauschen, und für alles Weitere gelte das Losungswort „Expo 58". Wenn er sich daran hielte, dann würde nichts schief gehen, zumindest nicht in den nächsten 11 Tagen, in denen die Weltausstellung noch stattfinde, aber danach sei das halbe Jahr vorbei, in dem das Spektakel die Stadt dominiert hatte. Um zum Atomium zu gelangen, solle er am besten eine der gelben Straßenbahnen nehmen, auf der als Ziel deutlich „Expo 58" stehe, ihre Station liege gleich neben dem Bahnhof. Er bedankte sich und suchte abseits vom Trubel eine Sitzgelegenheit, um in Ruhe seinen Rucksack auspacken und frühstücken zu können. Anschließend verstaute er seine Sachen wieder, wechselte Geld, suchte die Straßenbahnhaltestelle und wartete dort auf die Tramway mit der Endstation „Expo 58".

Die 9 Kugeln des Atomiums glänzten matt unter dem bewölkten Himmel, als Gsellmann auf das Gelände der Weltausstellung zustrebte. Er kam sich winzig vor unter der 165-milliardenfachen Vergrößerung des Eisenkristallmoleküls, das in seinen Augen den Atomkern an sich verkörperte. Er umrundete zuerst von rechts und dann von links langsam das Weltausstellungswahrzeichen, betrat es jedoch noch nicht, obwohl der Zugang zum Eingangspavillon den Ausgangspunkt seiner Kreise bildete. Vor dem Eintritt schritt er das gesamte Gelände ab und betrachtete neugierig die zahlreichen Stände mit ihren unzähligen Angeboten und Exponaten. Das Erkunden der Hauptattraktion, die ihn hierher gelockt hatte, sparte er sich bis zum Schluss auf, obwohl ihn die Aufregung schnell vorantrieb. Alles, was es auf dem

Areal zu sehen gab, erstaunte und verwunderte ihn, allerdings ohne in ihm Zustände äußerster Verzückung auszulösen. Wirklich faszinieren, geradezu überwältigen, vermochte ihn nur die überdimensionale Molekularstruktur des Eisenkristalls, mit ihrer Höhe von etwas mehr als 100 Metern und ihren 9 Kugeln mit einem Durchmesser von jeweils 18 Metern, die durch gewaltige Rohre miteinander verbunden waren und alles überragten.

Schließlich betrat Gsellmann gegen 16 Uhr am Nachmittag des 8. Oktober 1958 den Eingangspavillon, von dem ein direkter Zugang in die unterste Kugel des Atomiums führte. Das Thermometer zeigte eine Außentemperatur von plus 15 Grad Celsius an, es regnete leicht, ein starker Wind wehte aus südwestlicher Richtung – und Gsellmann fühlte sich, als hätte er in diesem Moment das Licht der Welt erblickt. Als wäre er soeben geboren worden, und nicht vor etwas mehr als 48 Jahren, als ihn seine Mutter aus ihrem Schoß gepresst hatte.

Er sah sich neugierig um, fuhr mit den Rolltreppen durch die Verbindungsrohre von Kugel zu Kugel und spazierte darin lange umher. Jeden zugänglichen Winkel inspizierte er mit einer Akkuratesse, die nur jenen eigen ist, denen Großes vorschwebt. Letztlich prägte er sich alles aufs Detaillierteste ein, um zu begreifen und nachvollziehen zu können, wie sich die eigentliche Einteilung, die Grundstruktur des Ganzen, zusammensetzte. Er machte sich dabei keine Notizen, zeichnete es auch nicht ab, weder in ein Heft oder einen Block, noch sonst auf ein Stück Papier, denn er hatte das nicht gelernt und traute sich allein schon deshalb nicht, so zu tun, als ob. Hätte er Zeichnen gelernt, hätte er mit dem Stift Strich für Strich skizziert, wie sich ihm alles darbot, und dabei in geläufigen Ausdrücken die einzelnen Teile bezeichnet. Aber noch nicht einmal schreiben war seine Sache, er schrieb, wie er redete, und den Anschein zu vermitteln, es zu beherrschen, käme in seinen Augen einer Anmaßung gleich, die seiner Bescheidenheit aufs Entschiedenste widerstrebte.

Stattdessen erwarb er beim Eingangspavillon ein kleines Modell des Atomiums, eine ebenbildliche Miniatur, die ihm alle mühsamen Krakeleien, Kritzeleien und Bezeichnungen ersparte. Diese Replik in Form eines versilberten Messingmodells würde es ihm ermöglichen, zu Hause den Ausgangspunkt dessen, was kommen sollte, stets originalgetreu vor Augen zu haben. Nun hatte Gsellmann alles, was er wollte, und stieg zutiefst beeindruckt in die Straßenbahn zurück zum Bahnhof, um den Nachtzug in seine Heimat nicht zu verpassen. Während der Rückfahrt schlief er kaum, eine erneute Unruhe hatte sich seiner bemächtigt, die ihn auch nicht losließ, als die Regionalbahn am anderen Tag mit ihm in der Bezirkshauptstadt Feldbach einfuhr.

Unverzüglich trat er den Heimweg an und erreichte erschöpft seinen Hof. Draußen dunkelte es bereits und in der Küche klang Trauermusik aus dem Radio. Seine Frau begrüßte ihn mit einem Lächeln und den Worten: „Du bist gekommen und der Papst ist gestorben. Heute ganz zeitig am Morgen. Gott segne ihn."

„Ja, der Herr sei mit ihm." Gsellmann bekreuzigte sich und bewegte die Lippen zum Gebet. Er war ein gläubiger Mensch, seinen eigenen Worten zufolge ein gottesfürchtiger Mann, der mehrere Male am Tag und auch in der Nacht – nicht nur wenn ihn Schlaflosigkeit plagte – zu beten pflegte. Beten und um den Segen des Herrn zu bitten war für ihn allein schon deshalb nötig, damit dieser kein Unwetter oder eine andere Naturkatastrophe schickte, die die Ernte vernichtete, oder eine Seuche, die das Vieh heimsuchte. Als Landwirt war Gsellmann abhängig von den Wetterverhältnissen und darüber hinaus gab es genügend andere Gründe für Gebete. Selbstverständlich würde er am nächsten Sonntag in die Kirche gehen, um an der Messe für den toten Papst teilzunehmen und Kerzen anzuzünden. Außerdem war es ihm ein Anliegen, Gott für das zu danken, was er in den letzten Tagen alles gesehen und erlebt hatte.

Sofern es die Witterungsbedingungen nicht verunmöglichten, gehörte es zu Gsellmanns Gepflogenheiten, sonntags den Gottesdienst zu besuchen und danach meistens das Wirtshaus, das unmittelbar neben der Kirche lag. Ganz selten nur begleitete ihn seine Frau in die Messe, an Ostern, Pfingsten und Weihnachten, und die Gaststätte betrat er danach prinzipiell alleine. Das blieb den Männern vorbehalten, die am Stammtisch stets unter sich waren, und so würde es sich auch an diesem Sonntag verhalten, daran vermochte selbst die Totenmesse für den Papst nichts zu ändern.

Gsellmann nahm seinen Rucksack, kramte das ausgediente Packpapier und die leeren Flaschen hervor und zeigte seiner Frau das Atomiummodell. Während sie ihm Tee aufbrühte, schilderte er ein wenig von der großen weiten Welt, die ihm unterwegs begegnet war, und ganz viel von der Weltausstellung und ihrem Wahrzeichen. Er erzählte voller Begeisterung, auch später noch, nach getaner Stallarbeit, als die ganze Familie am Tisch saß, seinen Worten lauschte und sich dabei nicht erklären konnte, weshalb es ihn tatsächlich so weit von daheim fortgezogen hatte.

Am darauffolgenden Vormittag schaffte er alle Sachen aus der Auszugsstube seines Vaters. Sie war knapp 2 Meter breit und noch nicht einmal 4 Meter lang, und sein Vater hatte sie nach der Überschreibung des Hofes für sich behalten. Nach seinem Tod diente sie als Vorrats- und Rumpelkammer, aber damit schien nun Schluss zu sein, denn Gsellmann räumte sie vollständig leer. Er fegte sie komplett aus, schrubbte den Boden, konnte kaum abwarten, bis er wieder getrocknet war, verhängte das Fenster mit einem dicken Stoff, der jeglichen Einblick verhinderte, und verschloss die Tür. Mit dem Zollstock berechnete er die Mitte der Stube, ihr Zentrum, und platzierte ebenda sein Brüsseler Mitbringsel.

Das Messingmodell bildete nun den Ausgangspunkt und die Mitte von allem. Genau an dieser Stelle würde er mit dem Fundament seiner Maschine beginnen, dem Nachbau des Atomiums, selbstverständlich in verkleinerter Form, aber ansonsten müsste es ihm haargenau gleichen. Nur dieser Atomkern konnte das Fundament und damit den Anfang von allem darstellen. Gewissermaßen bildete er das Herz dessen, was Gsellmann kreieren wollte: eine Maschine, die sich ständig selbst antreibt, sich stets bewegt, sich dabei eigenhändig mit Energie versorgt und etwas Brauchbares produziert. Genau genommen schwebte ihm eine Maschine vor, die unaufhaltsam von alleine läuft, aber Näheres konnte er dazu noch nicht sagen. Zuerst benötigte er ein Fundament und die Vorlage dafür stand nun vor ihm.

Als nächstes schleppte er in die Kammer Kartoffeln in verschiedenen Größen, um damit die Konstruktion, besonders die Statik des Atomiums, zu erforschen. Er begann kleine Kartoffeln und Äste in Atomiumform zusammenzustecken, wie Kinder Figuren aus Kastanien und Hölzchen gestalten. Nachdem er so lange daran gebastelt hatte, bis tatsächlich ein kleines Kartoffelatomium vor ihm stand, versuchte er das Ganze erneut, diesmal aber mit größeren Knollen. Diese knifflige Angelegenheit erforderte seine vollständige Aufmerksamkeit und Abgeschiedenheit, bis er schließlich reüssierte und alles genau austaxiert hatte. Ohne umzukippen steckten nun 9 faustgroße Kartoffeln atomiumkugelgleich auf Hölzern, die als Querstreben und Verbindungselemente dienten. Ein weiterer Schritt war getan und er konnte die gebrauchten Erdfrüchte den Schweinen füttern.

Danach begann der schwierigere Teil derselben Übung, denn anstelle der Kartoffeln sollten es nun Holzkugeln sein. Die konnte er sich nicht einfach besorgen, sondern musste sie zurechtsägen und anschließend drechseln und feilen, Stück für Stück, bis 9 gleichgroße Kugeln aus Holz vor ihm lagen. Das Bohren der Löcher und das Zusammenstecken der Kugeln, damit sie dem Atomium glichen, war eine andere Angelegenheit, die mindestens soviel Zeit und Mühe für sich beanspruchte, wie das Nachfeilen und Variieren. Da der Raum nicht geheizt werden konnte, fror er sich darin in den eisigen Wintermonaten die Finger steif. Er war dann ganz klamm, aber das kümmerte ihn kaum, ihm war nur wichtig, dass er mit seinem Vorhaben vorwärts kam. Erst als das Holzkugelatomium blank poliert vor ihm stand, gab er sich damit zufrieden. Nun konnte sich Gsellmann getrost an den richtigen Bau wagen, jetzt ginge es einzig darum, seine Vorstellung in die Tat umzusetzen, um zu der Maschine zu gelangen, von der er geträumt hatte – zu seiner Traummaschine.

Um einen stabilen Untergrund, sozusagen ein Fundament für das Fundament zu erhalten, bugsierte Gsellmann den alten Holzwagen, der vorher achtlos draußen im Hof gestanden hatte, durch die Küche und den Flur in seine kleine Kammer. Bis vor ein paar Jahren hatte er als Auflage gedient für den Standmotor, der landwirtschaftliche Geräte, wie beispielsweise eine Dreschmaschine, antrieb. Diese wurde zur Erntezeit gebracht und nach der Benutzung wieder abgeholt, aber die moderne Technik machte mittlerweile den Generator überflüssig. Vielleicht war Gsellmann in dieser Nacht, nachdem er den ausgedienten Holzwagen in die Hofecke gestellt hatte, seine Maschine eine halbe Stunde lang im Traum erschienen.

Mit dem Wagen mitten in der Stube stand nun auch die Basis, um das Fundament dessen, was folgen sollte, darauf zu errichten. Was genau, war ihm zwar nicht klar, aber er wusste, dass er zuerst damit beginnen musste, das Atomium als Hauptbestandteil und Zentrum des Ganzen zu bauen – aber mit metallenen Kugeln. Wäre das geschafft, könnte er rundherum Teil für Teil anfügen, um zu seiner Maschine zu gelangen. Übrigens sprach er selten vom Arbeiten an der Maschine, sondern bezeichnete es meistens als Murksen, und statt „ich arbeite", sagte er dann lapidar: „Ich murkse."

Das einzige, was ihm nun dazu fehlte, waren weitere Teile, für die er weder Kosten noch Mühen scheuen und weite Wege in Kauf nehmen würde, um ihrer habhaft zu werden. Die Maschine würde das alles schon noch lohnen, wenn auch nicht in baldiger Zukunft. Gsellmann zweifelte keineswegs daran, dass das, was er konstruierte, garantiert irgendwann irgendwas produzierte, selbst wenn momentan nicht absehbar war, was und wann und wie. Ausgestattet mit dieser Zuversicht machte er sich auf den Weg, Teile für seine Maschine zu suchen, für die er kein genaues Konzept hatte und keine Ahnung, was ihre möglichen Ausmaße betraf.

Von nun an fuhr er regelmäßig nach Graz, um auf dem Fetzenmarkt, wie hier der Flohmarkt hieß, nach brauchbaren und erschwinglichen Gegenständen zu suchen. Dazu gehörten zahlreiche Hula-Hoop-Reifen, kleine Eisenteile, Vogelpfeifen, Lampen und Lampenschirme, Kabel, Kunstblumen, Kruzifixe, Glocken, Goldbuchstaben, Zündkerzen Wasserhähne, Ventilatoren, Räder, Keilriemen, Keilriemenscheiben, Schalter, Stecker, Scheinwerfer sowie Silberschrauben. Gsellmann sammelte schlichtweg alles, von dem er glaubte, es möglicherweise benötigen zu können. Es erforderte sein ganzes Geschick, um das alles im Geheimen zu bewerkstelligen, und zwar nicht nur daheim in der Kammer, in der der Bau begann. Da hatte er das Fenster verhängt, um Einblicke von außen zu verhindern, die Tür war stets abgeschlossen, und außer ihm besaß dafür niemand einen Schlüssel. Fuhr er mit Bekannten zum Fetzenmarkt nach Graz, sonderte er sich sofort nach der Ankunft ab, damit die anderen nicht sehen konnten, was er erwarb. Die gekauften Teile verstaute er in seinem Rucksack und in seiner Aktentasche, aber immer so, dass davon nichts zu erkennen war.

Große Teile schleppte er gut eingewickelt mit sich, und die Bekannten mutmaßten, was das sein könnte, ohne auch nur im Entferntesten eine Ahnung davon zu haben. Durch seine ständige Heimlichtuerei erregte er Aufsehen, besonders aber die Neugierde der umliegenden Anwohner, die ihn häufig gehen sahen, in gebückter Haltung, mit prallvollem Rucksack auf dem Rücken und gefüllter Aktentasche in der Hand. Manchmal fuhr er mit dem Fahrrad durch die Gegend um Teile zu transportieren, und es kam nicht selten vor, dass ihn die anderen mühsam sein beladenes Gefährt hügelan schieben sahen. Befanden sich dabei einzelne Teile auf dem Gepäckträger, kümmerte er sich vorher darum, dass sie sorgfältig verpackt und somit für alle anderen unsichtbar waren. Er wollte sich unnötige Fragen ersparen, auf die er entweder gar keine oder nur solche Antworten gehabt hätte, die bloß Unverständnis und Gespött hervorrufen würden.

Auch zu Hause wusste niemand, was Gsellmann in seiner Kammer trieb. Morgens nach der Stallarbeit und dem Frühstück begab er sich entweder außer Haus, um sich auf die Suche nach Teilen für seine Maschine zu begeben, und kehrte erst spät zurück. Oder er verschwand gleich nach dem Frühstück in seiner Stube, tauchte zum Mittagessen wieder auf, um sich anschließend sofort wieder dahin zurückzuziehen. Niemand ahnte, was da drinnen vor sich ging, und wenn Gsellmann gefragt wurde, was er denn in seinem stillen Kämmerlein triebe, antwortete er fast schon schelmisch, „ich murkse vor mich hin." Meistens aber zuckte er daraufhin nur kurz mit der Schulter und hüllte sich in Schweigen. Betrat er die Stube, schloss er jedes Mal die Tür hinter sich ab, und beim Verlassen derselben verhielt es sich nicht anders, nur dass sie eben von außen abgeschlossen wurde. Darüber hinaus überprüfte er täglich, ob die Vorhänge tatsächlich dicht hielten und jeglichen Einblick verhinderten.

Diese Vorsichtsmaßnahmen verstärkten sich, als er auf dem Fetzenmarkt 18 metallene Halbkugeln erstanden hatte, die der Händler in seiner Werkstatt zu 9 ganzen Kugeln lötete. Er hatte die Arbeit allerdings in so grober Manier erledigt, dass Gsellmann zu Hause mit feinstem Schmirgelpapier die Nahtstellen nachschleifen und anschließend jede Kugel sorgfältig polieren musste. Er wollte unbedingt verhindern, dass Lötspuren zu erkennen wären und daraus ersichtlich würde, dass es sich ursprünglich um Halbkugeln gehandelt hatte. Der Transport der Kugeln erwies sich als sehr aufwändig, da er sie nicht Stück für Stück unter die Arme klemmen und nach Hause tragen wollte. Aber nicht aus Furcht, sie könnten abrutschen, zu Boden fallen und zerschellen, sondern weil er unbedingt vermeiden wollte, dass andere Personen sie sehen konnten. Um ganz sicher zu gehen, kaufte er eine Reisetasche, in der genau eine Kugel Platz fand. Deshalb musste er fast eine Woche lang täglich nach Graz und wieder zurück fahren, was nicht nur zeitraubend, sondern auch mit Unkosten verbunden war. Diese finanzielle Belastung hielt ihn in keiner Weise davon ab – im Gegenteil, die Aussicht, endlich das Atomium mit richtigen Metallkugeln nachbauen zu können, spornte ihn gehörig an und verscheuchte sein schlechtes Gewissen wegen des Geldes.

Nach und nach montierte Gsellmann die Kugeln auf die Eisenstangen. Für jeweils eine kleine Öffnung mit Schraubgewinde hatte er von Anfang an gesorgt, so dass sie nur noch verbunden und entsprechend aufgestellt werden mussten. Das funktionierte jedoch nicht so einfach, sondern kostete enorm viel Zeit, vor allem Aufwand und Arbeit, und war mit dafür verantwortlich, dass er sich noch mehr zurückzog. Aber sobald sein Atomium als Ganzes mitten im Raum stünde, und damit der gesamte Grundstock seiner Maschine, würde sich alles weitere mit jedem neuen Teil ergeben. Dieser Atomkern bildete für ihn den optimalen Ausgangspunkt, den Ursprung des modernen Zeitalters in einer neuen Welt. Er glaubte nur in dessen Komplexität den Kosmos und die Struktur des Universums nicht nur darzustellen, sondern auch nachvollziehbar machen zu können – und damit seine Vision von der vollkommenen Harmonie aller Dinge.

Da die zusammengetragenen Bestandteile immer mehr Platz in der Kammer einnahmen, so dass es schließlich unmöglich war, darin uneingeschränkt zu hantieren, richtete er sich im Stallgebäude eine kleine Werkstatt ein. Dazu räumte er den Verschlag neben dem Schweinekoben leer, der bisher als Sauküche gedient hatte, in der das Futter für die Tiere aufbewahrt und zubereitet wurde. Gsellmann entfernte die Säcke und Behältnisse, baute aus einem alten Tisch eine Werkbank, sortierte feinsäuberlich sein Werkzeug und alles, was dazugehörte, um darin ungehindert arbeiten zu können. Um auch hier zu verhindern, dass jemand sehen konnte, woran er gerade feilte oder anderweitig arbeitete und was für Materialien verwendet wurden, blieb diese Tür von nun an ebenfalls ständig abgeschlossen. Dabei spielte es keine Rolle, ob er sich in dem Raum befand oder nicht.

Die Verbissenheit, mit der Gsellmann sein maschinelles Tagewerk vollzog, sorgte dafür, dass er sich nicht immer in der Lage sah, die anfallende Arbeit im Hof und auf dem Feld zu verrichten. Er kam ihr zwar so gut es ging nach, doch es war mitunter der Fall, dass ihn sein geheimes Projekt vollends in Beschlag nahm und die Zeit und alles andere vergessen ließ. Dann musste der Sohn das Vieh füttern, die Ställe misten oder den Acker zackern, also die Tätigkeiten verrichten, die in den Zuständigkeitsbereich des Alten fielen. Falls ihn eventuell benötigte Gegenstände unterwegs aufhielten und sein Sohn ebenfalls verhindert war, hatte seine Frau doppelt soviel zu schuften, ganz gleich wie kräftig die Tochter mithalf. Gewiss, Gsellmann ging nach wie vor der landwirtschaftlichen Arbeit nach, begann aber, sie allmählich zu vernachlässigen, ohne dass dies vorerst gravierende Auswirkungen gezeigt hätte. Darauf angesprochen, reagierte er mürrisch und abweisend und verschwand sofort in der Kammer, in der die Maschinenteile ihrer Bestimmung harrten.

Was von ihm keinesfalls vernachlässigt wurde, war der Besuch des Gottesdienstes, bevorzugt am Sonntagvormittag. Anschließend begab er sich weiterhin häufig ins Wirtshaus bei der Kirche, um eine Schachtel filterloser Zigaretten zu kaufen, ein Glas Wein zu trinken, mit einigen Einheimischen zu plaudern und ihnen am Stammtisch beim Kartenspiel zuzusehen. Manchmal leistete er sich hier eine Suppe, die aus fein geschnittenen Schweinslungenstücken bestand und nicht nur für ihn in dieser Gegend als Spezialität galt. Sie wurde allgemein Beuschelsuppe genannt, eine Bezeichnung, die sich vom hiesigen Dialektausdruck für Lunge, nämlich Beuschel, ableitete.

In diesem Wirtshaus war er auf das Exemplar der Zeitung mit der Abbildung des Atomiums gestoßen. Zwar hatte schon vorher das Kirchenblatt, das regelmäßig am Eingang des Gotteshauses zum Mitnehmen auslag, von der Weltausstellung berichtet und Bilder davon gezeigt, aber keines vom

Atomium. Die Abbildung, die Gsellmann zu Gesicht bekam, befand sich in einer Ausgabe der Landwirtschaftszeitung „Steirischer Bauernbündler“, die der Wirt abonniert hatte und im Lokal für seine Gäste auslegte. Die entsprechende Ausgabe war bereits etliche Monate alt, als Gsellmann sie erhielt, sie datierte vom Mai 1958 und gelangte eher durch Zufall an ihn. Er verließ damals gerade das Gasthaus, als der Wirt draußen einen großen Stapel Zeitungen entsorgte, auf dem genau dieses Exemplar obenauf lag, versehen mit dem Hinweis auf einen Bericht über die Brüsseler Weltausstellung. Gsellmann, der schon davon gehört und im Kirchenblatt darüber gelesen hatte, sah im Vorbeigehen die Überschrift, die auf den Artikel hinwies, war wahrlich daran interessiert und bat darum, diese Ausgabe mitnehmen zu dürfen.

Seit er mit dem Bau seiner Maschine begonnen hatte, gab es, abgesehen von der Gewohnheit, einen höchst triftigen Grund, nach der Messe in dem Gasthaus einzukehren – und zwar die dazugehörige Werkstatt. In dieser wurden Fahrräder, kleine Mopeds und andere Gefährte repariert, und dabei fielen immer wieder Reste ab, für die es hier keine Verwendung mehr gab. Er jedoch konnte sie gut gebrauchen, beispielsweise ein kleines Ritzel, ein größeres Zahnrad, Ketten, Keilriemen, Unterlagscheiben, Schrauben, Muttern und so fort. Er war ein dankbarer Abnehmer dafür, und der Wirt und Werkstattbesitzer freute sich, ihm damit eine Freude zu bereiten und außerdem einen regelmäßig einkehrenden Gast zu begrüßen. Auch wenn er weder wusste noch ahnte, wozu Gsellmann dies alles benötigte, so beteiligte er sich emsig an den Spekulationen, die die Ortsansässigen am Stammtisch in seinem Wirtshaus betrieben.

Etliche glaubten, Gsellmann baue an einem Fluggerät, wohingegen andere von einer großen Maschine sprachen, von einer landwirtschaftlichen Allzweckmaschine, wie sie witzelten, die alles beherrsche, weil ihr alle Fähigkeiten innewohnen würden. Wieder andere waren schlechterdings der Ansicht, er sei endgültig verrückt geworden und mutiere zusehends zum Nichtsnutz. Niemand wusste Bescheid, Mutmaßungen betrieben alle.

Ihre völlige Ahnungslosigkeit führte dazu, dass die Neugier der Bevölkerung immer buntere Blüten trieb. Die Kinder der umliegenden Gehöfte schlichen sich nach der Schule hinter Gsellmanns Haus und versuchten, durch das Fenster zu spähen, hinter dem er werkte. Sie halfen sich gegenseitig, um überhaupt ihr Gesicht an die Scheibe drücken zu können, nahmen einander auf die Schulter oder hielten die Hände als Steigbügel für die anderen, jedoch ohne Erfolg. Die Fenster blieben stets mit dichtem Stoff verhängt, der jegliche Einblicke verhinderte, und Gsellmann vergaß nie, zu überprüfen, dass nichts verrutscht war und eventuell etwas preisgab. Sogar die Erwachsenen scheuten sich nicht, sich im Schutz der Dämmerung anzupirschen und zu spähen, aber auch ihnen blieb ein Blick in den Raum verwehrt. Manche horchten an der Fensterscheibe, als könnten sie mit den Ohren sehen, aber auch auf diese Weise gewannen sie keinen Aufschluss über die geheimnisvollen Vorgänge. Selbst ihre Versuche, ihn unter fadenscheinigen Vorwänden aus der Kammer zu locken, oder hinterrücks die Tür zu öffnen, um dabei einen Blick ins Innere zu erhaschen, schlugen fehl. Denn kaum verließ er den Raum, schloss er ab, vergewisserte sich durch Drücken der Klinke, ob richtig zugesperrt war, und verstaute den Schlüssel in seiner Hosentasche. Ganz gleich wie sehr sie spionierten, sie stießen auf keine Anhaltspunkte, noch nicht einmal ansatzweise. Je weniger sie mitbekamen, desto größere Ausmaße nahmen nicht nur ihre Spekulationen an, sondern auch ihre Annäherungsversuche, so dass manche ganz rabiat Gsellmann unterwegs anhielten und gezielt nachfragten. Er wich ihnen jedes Mal aus, versuchte, ihnen nicht in die Quere zu kommen, und wenn sich das nicht vermeiden ließ, genügten oft ein paar belanglose Ausreden, damit sie nicht weiter in ihn drangen.

Tatsächlich mied er mit der Zeit seine Mitmenschen immer mehr, sogar die Familie blieb davon nicht ausgenommen. Er war es zeitlebens gewohnt, zurückgezogen zu leben, ohne intensiven Kontakt zu anderen Einheimischen, aber seit ihn seine Maschine völlig in ihren Bann zog, geriet er in den Augen der anderen mehr und mehr zum Eigenbrötler. Mittlerweile schienen manche unter ihnen ihm gegenüber geradezu feindselig gesinnt zu sein, denn er wirtschaftete ausschließlich für sich und teilte sich anfänglich keiner Person mit. Selbst seine Frau hatte keinen blassen Schimmer von dem, was in der geheimen Stube vor sich ging, was ihren Mann derart faszinierte, dass sie ihn tagelang kaum sah, und wenn, dann nur kurz und stumm. Gewiss, Gsellmann verrichtete noch seine Arbeit im Stall und auf dem Feld, aber es kam immer öfter vor, dass er ihr nur sporadisch nachkam, weil sie für ihn nicht mehr die entscheidende Bedeutung hatte. Viel lieber schloss er sich in der Kammer oder in der Werkstatt ein, um seinen eigenen Tätigkeiten nachzugehen, die sich selbstverständlich nur auf die Maschine bezogen. Wenn dies nicht der Fall war, war er unterwegs, um dafür Bestandteile aufzutreiben oder diese extra zurichten zu lassen.

Aus diesem Grund begab sich Gsellmann zum Schmied nach Edelsbach. Er hatte ihn eines Sonntags im Wirtshaus am Stammtisch getroffen, ihm beim Kartenspielen zugesehen und sich nach langem Zögern zu fragen getraut, ob es möglich sei, demnächst zu ihm zu kommen, um etwas bearbeiten zu lassen. Der Schmied machte keinerlei Anstalten, das Ansuchen abzulehnen, und Gsellmann begab sich gleich am nächsten Vormittag auf den Weg. In seiner Aktentasche trug er ein paar Rohrstücke, die verschweißt und gebogen werden sollten, und es mangelte ihm am dafür notwendigen Werkzeug. Er verfügte weder über ein Schweißgerät noch über das handwerkliche Geschick, ein solches zu bedienen. Das hatte er ebenso wenig gelernt wie das Anfertigen technischer Zeichnungen zur Erläuterung seiner Wünsche. Gsellmann schämte sich sowieso, weder einen richtigen Schulabschluss gemacht noch eine Berufsausbildung absolviert zu haben, und wenn er damit konkret konfrontiert wurde, war ihm häufig zum Heulen zumute. So verhielt es sich auch das erste Mal beim Schmied, als dieser ihn bat, genau aufzuzeichnen, wie die Teile präpariert gehörten.

Überhaupt verlief an diesem Vormittag beim Schmied nicht alles wie gewünscht. In der Werkstatt befanden sich außer ihm noch ein Geselle und ein Lehrling, und Gsellmann wollte um alles in der Welt verhindern, dass jemand sah, weshalb er hier war. Es war für ihn schlimm genug, den Schmied um Hilfe bitten zu müssen und galt in seinen Augen schon fast als das Äußerste an Vertrautheit. Weitere Personen hatten dabei nichts verloren und durften nichts erfahren. Folglich musste er dem Schmied zuerst klarmachen, dass alle anderen Anwesenden die Werkstatt zu verlassen hätten, solange seine Teile bearbeitet wurden. Über dieses

Ansinnen zeigte sich der Schmied sehr verwundert, aber Gsellmann beharrte darauf und meinte, er bezahle schließlich für die ordentliche Arbeit, und dazu gehöre diese Bedingung. Daraufhin lachte der Schmied und leistete widerspruchslos Folge, indem er die anderen hinausschickte, bevor Gsellmann die Eisenrohrteile auf den Boden kippte. Dann erklärte er dem Schmied, wie er diese Teile bearbeitet und geformt haben wollte. Da der Schmied seine Angaben nicht sofort verstand, forderte er ihn auf, es ihm mittels einer Skizze detailliert zu erläutern, und legte ein Brett auf den Amboss. Gsellmann kramte umständlich in den Taschen der Jacke, die er als oberste trug, nach einem Stift. Da er hier keinen fand, suchte er, ebenfalls vergeblich, in der Jacke darunter und stieß schließlich in der Innentasche der dritten auf einen Bleistift. Er entschuldigte sich auf schier demütige Weise, dass seine Zeichnung wohl kaum sein Ansinnen verdeutlichen könne, weil er das Zeichnen schließlich nicht gelernt habe, aber der Schmied meinte bloß: „Mach keine krummen Worte und mal!" Immerhin genügte die Kritzelei, um anschließend alles passenderweise zu bearbeiten. Der Schmied schenkte ihm danach noch diverse Dinge, die er nicht benötigte, von denen Gsellmann aber annahm, sie brauchen zu können. Überhaupt war er froh, sich nun richtig an jemanden gewandt zu haben, der ihm helfen und ihn unterstützen konnte, ohne ständig argwöhnisch Fragen zu stellen. Was der Schmied für ihn nicht erledigen konnte, das betraf das Drehen und Fräsen bestimmter Eisenteile. Aber er verwies auf einen Bekannten, der in einer Stahlfabrik in Feldbach arbeitete, Gsellmann könne sich getrost an ihn wenden, der sei ihm da garantiert behilflich, schließlich handele es sich bei ihm um einen gelernten Dreher und Fräser, der ein guter Kumpel des Schmieds sei und ein gewiefter Kartenspieler obendrein. Gsellmann freute sich über den Hinweis, packte seine Sachen und verließ die Werkstatt.

Gleich am folgenden Tag begab er sich auf den Weg nach Feldbach. Er ging die weite Strecke erneut zu Fuß, auf dem Rücken den Rucksack voller Einzelteile, um diese so bearbeiten zu lassen, dass sie von ihm ohne Schwierigkeiten genutzt werden konnten. Die Maße der Nieten und Nuten hatte er im Kopf, ebenso die Vorstellung, wie sie genau gestaltet gehörten. Als Gsellmann den Firmenhof betrat, machten die Arbeiter, darunter der Dreher, gerade Mittagspause, und er nutzte die günstige Gelegenheit, um im Alteisenabfallhaufen nach verwertbaren Stücken zu wühlen. Natürlich fand er ein paar Reste, Federn, Scheiben und Bleche und beschloss, den Chef darum zu bitten, sie mitnehmen zu dürfen. Bei dieser Gelegenheit erkundigte er sich nach dem Dreher. Der stand in der Halle bei seiner Maschine und bearbeitete Eisenteile, die auf einer Palette vor ihm lagen. Zufällig bemerkte er, wie der Firmenbesitzer neben dem Eingang mit einer kleinen, hageren Gestalt sprach und dabei mit dem ausgestreckten Finger auf ihn deutete.

„Ja, Kreuzsakrament, was will denn das Männlein da", murmelte er verwundert, als Gsellmann schnurstracks auf ihn zustrebte, dabei den Rucksack abnahm, und ihn sofort mit Worten überschüttete. Der Dreher staunte noch mehr, als ihm Gsellmann die Eisenteile zeigte und dabei akribisch beschrieb, wie er sie gefräst oder gedreht haben wollte. Im Gegensatz zum Schmied schien der Dreher nicht schwer von Begriff zu sein, denn er kapierte auch ohne erläuternde Kritzeleien, was und wie alles bearbeitet werden sollte. Er verrichtete alles gemäß den Instruktionen, nur durch einen kurzen Disput unterbrochen, als ihm die Maße nicht einleuchteten. Aber es klappte alles, Gsellmann bekam exakt das, was er verlangt hatte, und darüber hinaus noch einige Eisenteile vom Restehaufen im Hof. Er fühlte sich glücklich, reich bestückt nach Hause zu gehen, und war gleichzeitig froh, einen weiteren Verbündeten gefunden zu haben. Immerhin eröffneten sich ihm hier weitere Möglichkeiten um an Teile zu gelangen, diesmal sogar in zweifacher Hinsicht: im Auffinden und im Zurechtrichten, also im Abfall und in der Produktion. Für ihn bildete die Stahlbaufabrik von nun an einen der Gründe, öfter nach Feldbach zu gehen, wo er bald an mehreren Orten und Geschäften zu Materialien und Werkstoff kam.

Ebenfalls am Stadtrand fand Gsellmann eine Installationsfirma, deren Besitzer ihm Reste schenkte, ungebrauchte Rohr- und Schlauchstücke, die sich als Verbindungselemente bestens eigneten. Zusätzlich erhielt er hier Wasserhähne und eine alte Pumpe, die alle in die Maschine eingebaut wurden. Am Feldbacher Hauptplatz kaufte er regelmäßig in einer Drogerie Glühbirnenlack, um Farbe in das grelle Licht seiner Maschinenlampen zu bringen. Die meisten Bestandteile wurden von ihm bevorzugt in Rot, Grün und Blau gestrichen, und ihre Lichter sollten in denselben Farben leuchten, von wenigen gelben Ausnahmen abgesehen. Er spannte in der Küche Schnüre, an die er die frisch lackieren Glühbirnen knüpfte, damit sie in der Nähe des warmen Ofens schnell trockneten. Seine Frau murrte zuerst wegen des penetranten Gestankes, aber das ignorierte er, schließlich musste der Apparat beleuchtet werden, und mit feuchtem Lack war das unmöglich.

Überhaupt begann die Stimmung in der Familie allmählich stärker unter seiner andauernden Abwesenheit und Eingeschlossenheit zu leiden. Es kam zu Streitereien, und ein Grund dafür war zweifelsfrei das Geld, denn Gsellmann investierte immer mehr in die Maschine und weniger in die Familie und in die Landwirtschaft. Seine Frau beschwerte sich, mit dem bisschen was er ihr überließ nur schwer haushalten zu können, aber ihn kümmerte das kaum. Sie konnte sich nicht vorstellen, was mit dem Geld geschah, hatte keine Ahnung von dem, was da in der Kammer vor sich ging, und von den Dingen, die ihr Mann trieb, der sich oft von morgens bis abends irgendwo fern des Hauses aufhielt. Sie war um 6 Jahre älter als er und vermutete, dass eine jüngere Geliebte im Spiel sei, die von ihm teure Geschenke bekäme. In gewisser Weise hatte seine Frau damit nicht Unrecht, aber seine Geliebte war keine Frau, war überhaupt ohne menschliche Züge, sondern eine Konstruktion aus unzähligen Einzelteilen, einem wirren Gestänge gleich, die mehr Ausgaben forderte, als er sich leisten konnte. Darum kümmerte er sich mehr als um alles andere, kapselte sich deshalb ab und wollte von der Familie immer weniger wissen. Von seiner Frau darum gebeten, sich den familiären und landwirtschaftlichen Angelegenheiten wieder stärker zu widmen, zuckte er mit der Schulter und schwieg. Wenn sie eindringlicher wurde, energischer und lauter, stand er sofort auf und verschwand im Maschinenraum. Solche Szenen wiederholten sich und sobald sie zur heftigen Auseinandersetzung gerieten, übermannte ihn die Verzweiflung, er fühlte sich unverstanden, ließ seinen Tränen freien Lauf und suchte Trost im Gebet. Obwohl ihm sein maschineller Rohbau keinen Schutz bot, war er für ihn doch eine ersehnte Rückzugsmöglichkeit, in der er sich unerreichbar machen konnte.

Aber trotz aller Klagen und Vorwürfe engagierte sich Gsellmann immer weniger bei der Stall- und Feldarbeit. Als sei er das Opfer einer Sucht geworden, die ihn unablässig dazu trieb, alle in ihm vorhandenen Energien in sein Projekt zu stecken, kreiste sein ganzes Tun und Denken nur noch um seine Maschine. Das tat er in der ungebrochenen Zuversicht, dass sie irgendwann ganz bestimmt gewinnbringende Erzeugnisse liefern würde. Wie und was konnte er sich allerdings nicht vorstellen. Außerdem widmete er sich seiner Ansicht nach genug den landwirtschaftlichen Arbeiten und bedauerte, dass sie viel zu viel Zeit und Kraft in Anspruch nahmen, die besser in die maschinelle Entwicklung gesteckt werden sollten. Deshalb zog er sich zusehends zurück, und zwar ohne schlechtes Gewissen, schließlich gab es in der Familie 3 erwachsene Menschen, die seiner Ansicht nach locker kompensieren könnten, was er weniger leistete.

Im Übrigen war es neulich passiert, dass er plötzlich mitten auf dem Acker die Arbeit abgebrochen hatte, um nach Hause zu eilen, ohne den anderen etwas zu sagen. Eine Eingebung bezüglich des Weiterbaus seines Werkes war über ihn gekommen, eine Vision, die eventuell ein Rätsel löste, das ihn seit längerem quälte. Er ließ einfach alles stehen und liegen, rannte heim, schloss sich in den Maschinenraum ein und ließ sich danach lange nicht mehr blicken.

Die Kreise, die Gsellmann zog, um zu Teilen für seine Maschine zu gelangen, vergrößerten sich stetig. Um für alle Fälle gewappnet zu sein verließ er selten das Haus ohne Rucksack, schließlich könnte ihm unterwegs ein brauchbares Stück unterkommen. Er ließ sich gerne auf Zufallsfunde aller Art ein und hatte gleich eine Ahnung, wo und wie sie in der Maschine installiert werden konnten. Auch wenn er in seiner Vorstellung genau wusste, was sein Gebilde benötigte, verfügte er über genügend Flexibilität, um zufälligen Fundstücken sofort ihren zukünftigen Platz zuzuordnen.

Auf dem Fetzenmarkt erstand er eine Reisetasche, die geräumiger als seine alte war und ihm ermöglichte, noch mehr Teile von seinen Touren nach Hause zu schleppen. Ging er mit der prall gefüllten Tasche seines Wegs und trug zusätzlich den vollen Rucksack auf dem Rücken, glaubten die, die ihn nicht kannten, einem Hausierer oder Landstreicher zu begegnen. Diesen Eindruck vermittelte Gsellmann, wenn er gebückt durch die Gegend streifte, ein krummer Strich in der Landschaft, klein und schmal, stets auf der Suche nach brauchbaren Sachen, die andere wegwarfen oder herumstehen ließen.

Da die Ausgaben seine Einnahmen überstiegen, schnorrte er sich alles zusammen. Er überlegte sich immer ganz genau: Was brauche ich, was kostet das, wie viel Geld habe ich, was kann ich investieren, wie kann ich mir Ausgaben sparen und sie anderweitig einsetzen? Nach diesem Prinzip kam Gsellmann an die Bestandteile und dementsprechend entwickelte sich auch der Bau der Maschine.

Ging es ihm darum, bestimmter Gegenstände habhaft zu werden, allein schon in der Annahme, sie eventuell einmal zu benötigen und in das Ganze zu integrieren, setzte er alles daran, sie zu bekommen. Er scheute sich nicht um die ersehnten Teile zu betteln oder zu feilschen und verstand es meistens, den Preis dafür zu drücken. Vieles wurde ihm geschenkt und für manches bezahlte er sehr viel, besonders wenn die Anschaffung seiner Ansicht nach unbedingt sein musste. Darin lag auch der Grund, weshalb er der Familie nur wenig Geld zuteilen konnte, denn die maschinenbedingten Ausgaben waren weitaus wichtiger. Was das Werk verlangte, musste augenblicklich besorgt werden, koste es, was es wolle.

So verhielt es sich auch mit der Madonna, die er lange gesucht und zufällig bei einem Alteisenhändler am Ende eines Dorfes, etwa 15 Kilometer von Kaag entfernt, gefunden hatte. Sein Weg führte ihn in fast regelmäßigen Abständen hierher, der Besitzer schien sehr diskret zu sein und interessierte sich nicht dafür, wozu ihm die scheinbar unnützen Teile dienten. Im Gegenteil, Gsellmann konnte ihn beauftragen, ganz gezielt nach bestimmten Gegenständen Ausschau zu halten, sie zu reservieren und darauf zu achten, dass sie nicht abhanden kamen. Elektromotoren aus alten Waschmaschinen, Lichtmaschinen, Kurbelwellen, Keilriemen, Kettenräder und dergleichen könne der Händler stets für ihn aufheben, die kaufe er ihm garantiert ab. Je öfter er hierher kam, desto mehr Vertrauen fand er zu dem Besitzer, und machte ihm gegenüber sogar eine erste Andeutung über seine Maschine. Er gestand ihm, insgeheim an etwas ganz Großem zu arbeiten, genau genommen an einem Wunderwerk, allerdings sei es noch zu früh, Näheres darüber bekannt zu geben.

Eines Tages begab sich Gsellmann zu diesem Alteisenhändler, grüßte wortlos und betrat sofort den Hof, wo er sich im Schrottberg verkroch. Er brauchte dringend einen ganz bestimmten Bolzen aus Stahl und führte deshalb seine Schieblehre mit sich, um sich in der Größe nicht zu täu schen. Damit verschwand er im Alteisenhaufen, als handelte es sich um eine Hütte, deren Eingangstür sich automatisch hinter ihm schlösse. Die hoch aufgetürmten Teile verschluckten den kleinen Mann und spuckten ihn erst wieder aus, nachdem er das passende Element und zusätzlich ein anderes, möglicherweise brauchbares, gefunden hatte. Damit ging er zum Schrotthändler, der ihn einfach gewähren ließ, dabei in der Küche saß und aus dem Fenster sah. Er lud ihn auf ein Glas Most ein, denn vor dem beschwerlichen Rückweg tue eine Stärkung gut. Gsellmann nahm die Einladung dankend an, legte die Sachen auf das Fenstersims und trat in die Küche. Der Händler warf einen Blick auf die Teile, nannte eine Summe und brachte ein Glas, um es mit der Flüssigkeit aus einem hölzernen Krug zu füllen. In diesem Augenblick stieß Gsellmann einen kurzen Schrei aus, schrill und spitz, und schlug die Hände zusammen. Dann zeigte er aufgeregt auf den Herrgottswinkel mit der gläsernen Marienstatue und gestikulierte dabei, als hätte der Blitz in ihn eingeschlagen.

„Um Himmels Willen, da steht sie ja! So, wie ich sie von Anfang an suche! Ich muss sie unbedingt haben, egal, was sie kostet!“

Gsellmann ging in die Ecke, ergriff die Figur, betrachtete sie eingehend und wollte ihren Preis wissen. Der Alteisenhändler wusste nicht so recht, was er dafür verlangen sollte, und nannte nach kurzer Überlegung eine Zahl. Gsellmann stöhnte auf, ließ sich auf seinen Stuhl fallen, und meinte, das sei entschieden zu viel, das sei unmöglich und unter keinen Umständen machbar. Aber es sei auch nicht daran zu rütteln, dass er sie auf alle Fälle haben müsse. Um zu unterstreichen, wie bedeutsam diese Marienstatue für ihn war, sprach er noch davon, ihm zu zeigen, wofür er sie benötige, aber erst, wenn der Zeitpunkt dafür gekommen sei. Dann feilschte er auf Teufel komm raus, und es gelang ihm tatsächlich den Preis zu drücken. Trotz des Rabatts war die Figur für seine Verhältnisse sehr teuer, aber das änderte nichts daran, dass er sie sofort erwarb und glücklich damit nach Hause ging. Gleich am nächsten Morgen würde er sie mit bunt leuchtenden Glühbirnchen umkränzen, in einen Glasrahmen stellen, Plastikrosen, in denen winzige, elektrischen Kerzen steckten, darum winden, und in seine Maschine einbauen.

Im Laufe der Zeit gesellten sich 2 weitere Madonnen aus Glas zu ihr, die er mit kleinen Lichtern verzierte, um sie anzustrahlen. Auf solche Weise wurden in der Maschine bereits das Jesuskind und die dazugehörige Jungfrau Maria beleuchtet, die von Kruzifixen und Kunstblumen umgeben waren. So manifestierte er in aller Deutlichkeit seinen Glauben in der Maschine, und bekundete gleichzeitig seine Absicht, in ihr die Verbindung von Religion und Technik herzustellen, als wolle er hier die beiden Extreme seines Lebens vereinigen.

Wenn er sich auf die Suche nach Objekten begab oder vorhandene präparieren ließ, verließ Gsellmann stets gut gekleidet das Haus. Seiner Ansicht nach verlangte es der Respekt vor den Maschinenteilen, dass er saubere Hosen, Hemden und Jacken trug. Er sei immer elegant unterwegs, sagte seine Frau, die darin einen weiteren Grund für eine Nebenbuhlerin sah. Eines Tages hatte sie schier verzweifelt den Schmied aufgesucht und gefragt, ob er denn wisse, ob es in Gsellmanns Leben ein anderes Frauenzimmer gebe, oder wofür er sonst ständig derart adrett auf Achse sei und die vielen Ausgaben tätige. Sie bat ihn sogar, ein Auge darauf zu werfen, was ihr Mann so häufig in Graz zu erledigen habe, ob er tatsächlich auf dem Fetzenmarkt nach unnötigem Kram stöbere oder stattdessen heimlich in einem Haus verschwinde, in dem seine Geliebte wohne. Der Schmied beruhigte sie, ihm sei darüber nichts bekannt, er würde bestimmt Bescheid wissen, aber wenn es sie beruhige, könne er beim nächsten Mal genau aufpassen, sobald sie wieder zusammen nach Graz fuhren. Er persönlich könne sich das überhaupt nicht vorstellen, ihm seien nie Hinweise aufgefallen, die auf eine andere Frau schließen ließen, und wahrscheinlich existiere die nur in ihrer Fantasie.

Kurz nachdem seine Frau diese Bitte dem Schmied gegenüber geäußert hatte, tauchte Gsellmann in seiner Werkstatt auf, um 2 Eisen schweißen zu lassen. Anschließend hockten sie noch ein Weilchen zusammen und tranken Most. Der Schmied hatte am Morgen von einem Ortsansässigen eine Flasche selbstgebrannten Schnaps geschenkt bekommen und im Laufe des Tages permanent daran genippt. Auch als er mit Gsellmann im Hof hinter der Werkstatt saß, gönnte er sich ständig einen Schluck und war bald völlig besoffen. In diesem Zustand klopfte er schlüpfrige Sprüche und erkundigte sich mit frivoler Neugierde, ob es denn der Wahrheit entspreche, dass Gsellmann zu seinem Vergnügen ein Weibsbild in Graz aufsuche. Dabei erzählte er ihm vom Verdacht und dem Ansinnen seiner Frau. Gsellmann konnte das nicht glauben, reagierte entsetzt, packte, völlig perplex, augenblicklich seine Sachen und verließ, begleitet vom schallenden Gelächter des Schmieds, schleunigst den Hof. Statt nach Hause zu gehen und seine Frau darüber aufzuklären, dass ihre Verdächtigungen komplett unbegründet seien, suchte er die Kirche auf, die unweit der Schmiede lag. In seinem Zustand, der ihm einer Schmach gleichkam, war ihm nach Beten zumute, nach Aussprache mit seinem Gott, vor allem aber nach dessen Trost.

In der Kirche befand sich niemand, als Gsellmann eintrat und seine Tasche auf den Boden stellte. Er bekreuzigte sich, nahm Platz auf der Bank, faltete die Hände, starrte zum Altar, auf das Kruzifix, und bewegte die Lippen zum Gebet. Dann bekreuzigte er sich erneut und verließ das Gotteshaus. Draußen traf er auf den Pfarrer.

„Grüß Gott, Gsellmann", sagte der Geistliche und wollte noch etwas anfügen, aber der Genannte zog ihn sofort in das Gebäude, gestikulierte unbeholfen und redete dabei auf ihn ein. Er hatte ihm gegenüber vor längerer Zeit bereits im Rahmen einer Beichte von seiner Maschine erzählt, und der Pfarrer hatte dafür Verständnis gezeigt. Gsellmann könne getrost daran weiter arbeiten, müsse aber auf der Hut sein und genau darauf achten, dass dabei kein Götzenbild entstehe und er dadurch von seinem ursprünglichen Glauben abrücke. Als der Pfarrer sah, wie aufgebracht Gsellmann war, fragte er ihn, ob er beichten wolle. Gsellmann entgegnete, nichts getan zu haben, was nach einer Beichte verlange, und schilderte schließlich, welche Unterstellung ihn hergeführt hatte. Er sprach von einer grässlichen Verdächtigung, einer furchtbaren Schande, die er unter keinen Umständen auf sich sitzen lassen könne, lieber würde er sich umbringen.

Der Geistliche nickte bedächtig und riet ihm, seine Frau gegebenenfalls einzuweihen, was sein Tun und Treiben in der Kammer und unterwegs betreffe. So könne er allen Verdächtigungen von sich aus entgegentreten und ihnen von vornherein Einhalt gebieten. Gsellmann dankte ihm, fügte noch, wie um sich zu entschuldigen, ein „Vergelts Gott“ an und begab sich auf den Heimweg.

Es war spät, als er nach Hause kam, die Familie hatte das Abendbrot längst beendet und der klagende Blick seiner Frau gemahnte ihn, dass er wieder nicht zur Stallarbeit erschienen war. Sein Sohn sagte wie immer nichts, denn was der Vater machte, war seine Angelegenheit, und die Tochter tat, als verlange ihre Stickerei höchste Hingabe und verhindere jegliche Teilnahme an einer Unterhaltung. Seine Frau tischte ihm Most, Brot, etwas Käse, Speck und Obst auf, er aß schweigend und zog sich anschließend sofort in den Maschinenraum zurück, ohne Anstalten zu einer Aussprache zu machen. Als hätte er geahnt, dass sie sowieso kommen würde, völlig unerwartet und ganz von alleine.

Einige Wochen später erschien Gsellmann bereits morgens gut gekleidet und frisiert in der Küche, um mitzuteilen, dass er einen weiten Weg vor sich habe, sie sollten mit dem Essen nicht auf ihn warten. Er wollte, was von ihm nicht erwähnt wurde, zum Bruder des Schmieds gehen, der einige Kilometer entfernt eine Tankstelle mit Autowerkstatt betrieb, und oft ein paar Teile für ihn übrig hatte. Eine alte Lichtmaschine etwa, einige Zündkerzen, Ventile, eine Kupferspule, eine Blinkeranlage, Lämpchen, Stahlfedern beziehungsweise Autofederstahl und andere diverse Dinge wie Bleche, Rund- und Quadrateisen, die er generell brauchen konnte.

Seine Frau seufzte und bat ihn um Geld, damit sie dringende Besorgungen machen könne. Gsellmann sah sie an und wollte wissen, wie viel und wofür. Sie nannte ihm den Grund, Wolle, um eine Weste für den Winter zu stricken, doch er lehnte ab, das sei noch nicht nötig, dafür habe er jetzt nichts übrig.

„Weil du alles für die andere ausgibst!“, seufzte seine Frau und unterdrückte dabei mühsam ihre Tränen.

„Für welche andere denn?“, staunte Gsellmann und dachte zuerst nicht an die Unterstellungen, die ihn vor kurzem noch so sehr in Rage gebracht hatten. Er wollte so schnell wie möglich das Haus verlassen, um jeglichem familiären Unfrieden auszuweichen. Außerdem pressierte es ihm, sein innerer Drang verstärkte sich täglich, denn die Maschine machte Fortschritte, und er glaubte nur noch ein paar bestimmte Teile zu benötigen, um ihr Funktionieren erstmals testen zu können. Diese Teile kosteten und der Bruder des Schmieds verlangte auch für alte Gegenstände etwas, selbst wenn sich in seiner Reparaturwerkstatt dafür keine Verwendung mehr fand.

„Für die Frau, die du immer besuchst, und für die du das ganze Geld ausgibst.“

Jetzt war es passiert, endlich hatte sie sich getraut, ihm ihren Verdacht persönlich ins Gesicht zu sagen.

„Für wen?“ Gsellmann schluckte, dachte jäh an die Worte

des Schmieds, und an seine darauf folgende Unterredung mit dem Pfarrer.

„Für deine Geliebte, für die, die du immer besuchst, wenn du nach Graz fährst, und die unser ganzes Geld schluckt!"

Seine Frau brach jetzt endgültig in Tränen aus, schluchzte heftig und gestand, ihm vor ein paar Tagen heimlich gefolgt zu sein. Zunächst habe sie den Schmied darum gebeten, später sicherheitshalber zusätzlich noch dessen Bruder, weil er mit beiden so gut bekannt sei, aber die konnten oder wollten ihre Vermutung nicht bestätigen. Da ihrer Ansicht nach die Mannsbilder sowieso immer unter einer Decke stecken, habe sie es dann selbst übernommen und sei ihm eigenmächtig heimlich bis Graz gefolgt, ohne von ihm bemerkt zu werden. Dabei sei ihr nicht entgangen, dass auf seinem Weg zum Fetzenmarkt eine Frau ein Fenster öffnete, justament als er darunter vorbeiging, und dabei ein Tuch ausschüttelte, als würde sie winken und ihm unauffällig ein Zeichen geben wollen. Seine Frau versuchte ihm weiter zu folgen, hatte aber zu lange auf das Fenster des fremden Frauenzimmers gestarrt, denn er war plötzlich verschwunden, war wahrscheinlich auf das Zeichen hin sofort in das Haus gehuscht, um zu der anderen zu gelangen.

Gsellmann öffnete erschrocken den Mund, ohne ein Wort hervorzubringen. In seinem Kopf rumorte es, er hörte gleichzeitig die Vorwürfe seiner Frau, die Stimme des Schmieds und den Rat des Pfarrers, die alle um dasselbe Thema kreisten. Seine Lippen zitterten, als er den Arm seiner Frau ergriff und sie aus der Küche zog.

„Komm, geh her, ich zeig dir meine Geliebte!"

Er zog sie hinter sich her, bis zur Stube, in der sein Ein und Alles stand. Seine Frau wehrte sich nicht, weinte leise und wartete gespannt auf das, was nun folgte. Gsellmann schloss die Tür auf, betrat den Raum, betätigte den Lichtschalter und seine Stimme bebte.

„Hier, hier steht sie, sieh sie dir genau an."

Gsellmann zeigte auf ein kunterbuntes Kuddelmuddel aus Rohren, Kugeln, Stangen, Rädern, Kabeln, Riemen, Ringen, Reifen, Ketten, Lampen, Pfeifen und Motoren. Fast die Hälfte des Raumes wurde davon in Beschlag genommen, in der anderen Hälfte lagen wahllos verstreut andere Teile, alles Mögliche, das dem Weiterbau diente.

„Da! Hier hast du meine Geliebte! So wie sie leibt und lebt!"

Er deutete noch immer mit einer theatralisch anmutenden Geste und erhobenen Hauptes auf das Gebilde, voller Stolz, als präsentiere er hier seinen Beweis, dass die Erde tatsächlich eine Scheibe sei.

Seine Frau schlug fassungslos die Hände zusammen. Der Anblick, der sich ihr bot, dieses bunte Ungetüm in dem schmalen Raum, ließ sie ihren Mund sperrangelweit aufreißen und verschlug ihr gleichzeitig die Sprache. Sie brauchte ein paar Augenblicke, um sich wieder einigermaßen zu sammeln, und schluckte mehrmals, bevor die Frage nach dem Sinn des Ganzen ihren Lippen entwich.

„Was, was soll das werden?"

„Es wird schon etwas werden", antwortete Gsellmann.

Er ergriff wieder ihren Arm, schob sie aus der Kammer, löschte das Licht, schloss die Tür ab, prüfte durch Drücken der Klinke, ob sie auch richtig abgeschlossen war und verstaute den Schlüssel in seiner Hosentasche.

„Bist du nun zufrieden?“, herrschte er sie an, missmutig und übellaunig, vor allem aber enttäuscht, auf so erniedrigende Weise sein Geheimnis preisgegeben zu haben. Seine Frau schluckte nur und schluchzte stumm.

„Erzähl ja nichts von dem, was du da gerade gesehen hast. Hast du verstanden, keiner Menschenseele, überhaupt gar niemandem!“

Sie nickte und er ging, verließ das Haus, um mit seinem Fahrrad zur Autowerkstatt zu fahren, in der hoffentlich ein paar brauchbare Teile seiner harrten. Es war das erste Mal, dass er jemandem Einblick in sein Geheimnis gewährt, sozusagen sein Innerstes offenbart hatte, ohne anschließend Erleichterung zu verspüren. Im Gegenteil, der Augenblick, um das Ganze in all seiner Reichhaltigkeit zu zeigen, war noch lange nicht erreicht. Er hatte es einzig um des Hausfriedens willen getan, sonst wäre es ihm nicht möglich gewesen, in aller Ruhe und Konzentration weiterzuarbeiten. Seit Gsellmann mit dem Bau der Maschine begonnen hatte waren 6 Jahre vergangen und es war nicht absehbar, wie lange es noch dauern würde, bis er sie öffentlich präsentieren könnte.

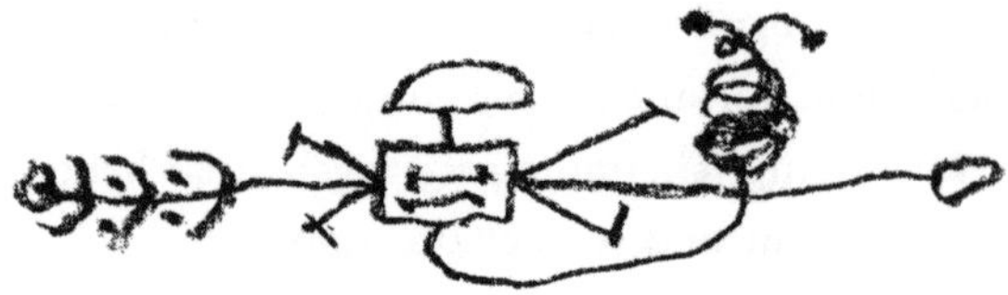

Je weiter seine Konstruktion fortschritt, je größere Ausmaße die Maschine annahm, desto gezielter suchte Gsellmann nach geeigneten Teilen. Er hatte seine Schrotthändler und Alteisenhandlungen in Paldau und Kohlberg, Ortschaften, die zwischen 15 und 20 Kilometer von Kaag entfernt lagen und nur auf beschwerliche Weise erreichbar waren. Vor allem Kohlberg kostete ihn fast einen Tag, denn es befand sich hinter einem großen Hügel und die Straße dorthin war nur teilweise geteert. Bewältigte Gsellmann die Strecke mit dem Fahrrad, schob er das Gefährt zuerst mühsam hügelaufwärts und konnte es auf der anderen Seite rollen lassen, aber beim Rückweg war das unmöglich. Mitunter schwer bepackt mit Stahlstangen auf dem Gepäckträger, gut eingewickelt in Papier, in Plastik oder Säcke, zwang ihn die Last dazu, das Fahrrad fast den ganzen Weg zurück zu schieben, hügelauf, hügelab und wieder hügelauf, hügelab. Manchmal schleppte er zusätzlich den voll bepackten Rucksack auf dem Rücken und die prall gefüllte Reisetasche an der Lenkstange, so dass die ganze Tour einer Tortur glich. Doch unverdrossen nahm er diese Mühsal auf sich, sogar froh darob, notwendige und nützliche Teile mit sich zu führen. Immer wieder hielten Einheimische, die mit dem Auto oder Traktor unterwegs waren, neben ihm und fragten, ob er nicht mitfahren wolle, sie könnten sein Fahrrad und das

Gepäck im Kofferraum oder auf dem Anhänger verstauen, aber Gsellmann verweigerte nach wie vor jede Hilfe. Seine strikte Ablehnung dieser Angebote geschah nicht aus Bescheidenheit, sondern aus Angst, die anderen würden in ihn dringen und unangenehme Fragen bezüglich seiner Fracht und seiner Heimlichtuerei stellen.

Nach der ersten Steigung gen Kohlberg, wo sich eine kleine Siedlung mit ein paar Bauernhöfen und einer Kapelle befand, kam er jedes Mal an einem großen Kürbisfeld vorbei. Ab dem Ende des Frühjahrs bis in den Sommer hinein krönten Blüten die Pflanzen, und im Herbst lagen zwischen den großen, grünen Blättern bunte Kürbisse wie unförmige Köpfe oder Kugeln. Zur Erntezeit winkte Gsellmann vom Wegesrand den Bäuerinnen zu, die mitten im Feld auf Hockern saßen, Eimer vor sich stehen hatten und haufenweise von den deformierten Bällen umgeben waren. Die schnitten sie auseinander, klaubten aus jedem Kürbis die Kerne und warfen sie in das Gefäß. Die Schalen mit dem Fleisch der Früchte ließen sie achtlos fallen. Später wurden sie als Futter für das Vieh geholt oder in den Boden gepflügt, um als Dung wirksam zu werden. Die Kerne hingegen kamen in die Presse, die sie zu Öl verarbeitete, das die Einheimischen nur für den Eigengebrauch nutzten. Damals wurden die Kürbisfelder noch nicht so häufig kultiviert wie Getreide oder Kartoffeln, Mais und Sonnenblumen sowie Äpfel und Birnen, die nicht nur als Mostobst Verwendung fanden.

Wenn Gsellmann auf bestimmte, dringend benötigte Teile nicht bei seinen beiden Altwarenhändlern oder sonst wo auf seinen Wegen stieß, dann begab er sich zum Schmied oder zum Dreher und Fräser. Zu ihnen schleppte er bereits vorhandene, früher gefundene und zu Hause gehortete Stücke, um sie entsprechend behandeln zu lassen. Das Drehen gewisser Eisenteile oder das präzise Fräsen von Nuten führte für ihn der Arbeiter der Stahlbaufirma in Feldbach aus, ohne weitere Fragen zu stellen und ohne detaillierte Skizzen zu verlangen. Aber es durften keine Kollegen daneben stehen und sehen, was da bearbeitet wurde. Gsellmann kündigte sein Kommen nie im Voraus an, sondern erschien einfach, in der Hand die Tasche voller Teile, die es zu präparieren galt. Stets begab er sich schnurstracks an den Arbeitsplatz des Drehers, erklärte ihm mit einfachen Worten, worum es ihm ging, und entlohnte ihn anschließend dafür oder gab das Geld seinem Chef. Mindestens einmal pro Woche ging er die 4 Stunden zu Fuß dorthin und benötigte nach vollzogener Tätigkeit mindestens genauso lange, um dieselbe Strecke zurückzugehen. Betrat er den Betrieb mit den zu richtenden Eisenteilen und sein Arbeiter fehlte an genau diesem Tag, weil eine Montage ihn außerhalb verlangte, verließ Gsellmann die Werkstatt sofort, ohne seine Sachen jemand anderem anzuvertrauen. Er hätte sich dann den Rückweg erleichtern und die Teile über Nacht dort lassen können, denn die Kollegen versicherten ihm, sein Dreher und Fräser komme morgen wieder und sein Zeugs verschwinde bestimmt nicht. Aber Gsellmann schleppte unverrichteter Dinge alles wieder mit nach Hause, um am anderen Tag genauso beladen wieder zu kommen, und die Gegenstände von dem, dem er vertraute, bearbeiten zu lassen.

Dabei bestand er jedes Mal darauf, dass sie genau so exakt, so präzise geschnitten, gefräst, gedreht oder sonst wie präpariert wurden, wie er es sich vorstellte. Waren die Angaben den Ansichten des Drehers zufolge unpassend oder ungenau, widersprach er ihm. Gsellmann reagierte dann sehr zornig, fast fuchsteufelswild, weil der andere es ablehnte, das Teil auf die von ihm beschriebene Weise anzufertigen. Mit Händen und Füßen redete er auf ihn ein, bis der Fräser trotz seiner Skepsis einlenkte und das Objekt entsprechend bearbeitete. Allerdings war er offen für fachliche Tipps, die ihm der Dreher gab und plausibel darlegte, wie die Sachen besser behandelt und eingesetzt werden könnten und weshalb es sich so und nicht anders verhalte. Sobald die Einwände und Erklärungen professionell klangen, zeigte sich Gsellmann sofort einsichtig.

Eines Tages, als sie wieder einmal in Streit gerieten über das Maß und den Lauf einer Fräslänge, erwähnte Gsellmann, es sei für seine Maschine, da müsse das doch so und so sein, da müsse das Ganze eben wie in seiner Vorstellung passen, jede Kleinigkeit und scheine sie auch noch so unsinnig. Dann schilderte er ihm vage, woran er tüftelte. Der Dreher, der nicht geahnt hatte, weshalb Gsellmann die ganze Arbeit von ihm verlangte, staunte und glaubte zuerst, er wolle ihn zum Narren halten. Aber beim Anblick von Gsellmanns ernster Miene kam er von diesem Gedanken wieder ab und befürchtete, der kleine Bauer aus Kaag sei wohl doch mehr als bloß ein bisschen verrückt und beginne irres Zeug zu reden. Doch Gsellmann blieb dabei, er arbeite an einer Maschine, die ihm im Traum erschienen sei, die sich spätestens nach ihrer Fertigstellung durch sich selbst antreiben würde. Wenn es soweit sei, gebe er Bescheid, damit der Fräser sie begutachten könne, doch das würde noch ein Weilchen dauern. Bis dahin aber solle der Dreher darüber strengstes Stillschweigen wahren, er habe ohnedies schon Schwierigkeiten genug und könne keine Öffentlichkeit brauchen. Aber damit er weiterhin getreu seinen Vorstellungen an dieser Maschine bauen könne, sei es unbedingt nötig, ihm die Teile gefälligst so zu bearbeiten, wie er es wolle, schließlich bezahle er auch dafür, und für seine Verhältnisse nicht zu knapp. Ganz gleich wie sehr er ihm explizierte, was für ein Riesenapparat ihm konkret vorschwebte, der Dreher konnte sich unter Gsellmanns Maschinenfantasien überhaupt nichts vorstellen. Aber er zollte ihm ab diesem Moment gehörigen Respekt und behandelte widerspruchslos die Teile nach seinen Vorstellungen.

Die Schneide- und Schweißarbeiten verrichtete der Schmied stets in Gsellmanns Beisein, wobei jedes Mal der Lehrbub und der Geselle seine Werkstatt verlassen mussten. Dort konnten Stahlstangen zurechtgebogen, Eisenteile rund oder eckig geschnitten, autogen geschweißt oder anderweitig mit dem Brenner und anderen Spezialwerkzeugen umgemodelt werden. Hier war es Gsellmann möglich, bestimmte Teile speziell anfertigen zu lassen, ohne sich rechtfertigen zu müssen, wofür er beispielsweise einen I-Träger, ein T-Eisen oder ein Flachstück mit ganz bestimmten Maßen benötigte. Mit dem Schmied redete Gsellmann auch über andere Angelegenheiten, und der war es auch, der ihn regelmäßig zur Jagd einlud.

Üblicherweise mied Gsellmann das gesellschaftliche Leben in Edelsbach und Kaag, abgesehen von seinem regelmäßigen Gottesdienstbesuch und dem darauf folgenden Gang ins Gasthaus. Aber auch da war er häufig wortkarg und hielt sich nie länger als nötig auf. Er trank sein Glas Weißwein, aß einen Teller Beuschelsuppe, rauchte seine filterlosen Zigaretten und sah den Kartenspielern am Stammtisch zu. Bevor er den Rückweg antrat, erkundigte er sich noch beim Wirt, ob es in seiner Fahrradreparaturwerkstatt eventuell einige unbenötigte Überbleibsel für ihn gebe. Oft fiel etwas für ihn ab, und handelte es sich dabei bloß um eine Speiche, eine Felge, ein Pedal, eine Kette oder ein Kugellager. Ganz gleich, was er bekam, Gsellmann erfreute sich an jedem noch so unbedeutend scheinenden Teil und wollte alles einbauen. Sogar eine alte japanische Obstschale präparierte er entsprechend, um sie in der Maschine so zu integrieren, dass sie sich nach der Inbetriebnahme immer schneller drehte. Um das zu bewerkstelligen hatte er in mühsamer Kleinarbeit am Boden dieser Schüssel aus Steingut eine Rotationsachse festgeschraubt und allein dafür über 10 Stunden mit dem Handbohrer gedreht.

Was sein Fernbleiben von sogenannten gesellschaftlichen Ereignissen betraf, machte Gsellmann einmal im Jahr eine Ausnahme und beteiligte sich an der Treibjagd, die immer im Herbst stattfand. Aber nicht als Jäger, sondern als Treiber, denn da er für die Schießerei nichts übrig hatte, besaß er auch kein Gewehr. Die Jagd fand regelmäßig in der Umgebung seines Hofes statt und wurde von ihrem Pächter, dem Schmied, veranstaltet.

In diesem Jahr allerdings war damit eine Besonderheit verbunden, die Gsellmann schon von vornherein aufgeregt darauf warten und daran teilnehmen ließ. Er hatte sich nach reiflicher Überlegung fest dazu entschlossen, den Schmied für kurze Zeit in sein Haus zu lotsen, um ihm zu zeigen, wie weit mittlerweile sein Werk gediehen war, während die anderen draußen das Wild jagten. Tatsächlich gelang es ihm mit etwas Geschick, sich mit dem ahnungslosen Schmied unbemerkt von den anderen zu entfernen.

Noch bevor sie das Haus betraten, kramte Gsellmann umständlich in der Hosentasche nach dem Schlüssel für den Maschinenraum. Der Schmied wunderte sich über sein Gebaren und witzelte, es sei ratsam, die geheimen Dinge nicht nur zu verstecken, sondern auch in Ketten zu legen. Gsellmann reagierte nicht auf die Anspielung, öffnete die Tür, betätigte den Lichtschalter und sagte: „Da schau, hier steht's."

Dabei zeigte er auf ein buntes Monstrum aus Stahl, Eisen, Blech, Plastik und Holz, aus Rädern, Kugeln und Ringen, Lichtern und Schwingflügeln, in dem sich Kabel, Leitungen und Drähte zu einem Dickicht verschlangen, teilweise schier unentwirrbar miteinander verknäult. Der Koloss maß in der Länge etwa 2 Meter, 1,5 Meter in der Breite, war mindestens 2 Meter hoch, und alles schien miteinander verbunden zu sein. Sein eigentliches Gerüst bildeten zahlreiche Hula-Hoop-Reifen, die einen Globus umspannten, in dem sich 9 Kugeln befanden. Diese waren derart angeordnet und miteinander durch Stangen verbunden, dass sie zweifelsfrei bis aufs i-Tüpfelchen dem Atomium glichen, nur entsprechend verkleinert.

Der Schmied hielt vor lauter Staunen Maulaffen feil, und wollte wissen, was das da denn darstelle, was das solle, was das könne und was das produziere.

„Das wird meine Wundermaschine", erklärte Gsellmann nicht ohne Stolz und ergänzte, es gehe ihm darum, einen Apparat zu basteln, der unablässig durch seine eigene Energie angetrieben wird und dabei gleichzeitig neue Energie entwickelt.

„Ah, ein Perpetuum mobile also", sagte der Schmied.

„Ja, ein Perpetuum mobile", bestätigte Gsellmann.

Der Schmied lächelte und begutachtete die Maschine,

nahm alles in Augenschein, verwies auf ein Kabel, das lose herumbaumelte und seiner Ansicht nach noch angeschlossen gehöre. Er bewunderte, auf welche Art Gsellmann das große Antriebsrad einer Bergseilbahn passgenau gefeilt, geschliffen und eingebaut hatte. Die Zacken des riesigen Zahnrades waren von ihm vor einiger Zeit für Gsellmann grob zurechtgestutzt worden und nun wusste er endlich, wozu der Maschinenbauer dieses Trumm benötigt hatte. Als er sah, dass Gsellmann inmitten seines Werkes eine Zündkerze an einen Wasserhahn gekoppelt hatte, brach er in schallendes Gelächter aus.

„Haha, du verbindest also Wasser mit Feuer. Du willst wohl Feuer aus Wasser und Wasser aus Feuer gewinnen", wieherte er, und Gsellmann, froh darüber, nicht nur abschätzig belächelt oder ausgelacht, sondern dabei auch ein bisschen verstanden zu werden, erwiderte: „Ei freilich".

„Du bist ein Träumer", meinte der Schmied daraufhin und schüttelte den Kopf.

„Es ist ja auch eine Traummaschine, denn es hat mir von ihr geträumt", entgegnete Gsellmann und kredenzte dem Schmied noch einen Schnaps aus der Flasche, die neben dem monströsen Apparat stand. Er rang ihm das Versprechen ab, niemandem etwas davon zu erzählen, und sie begaben sich wieder zur Treibjagd. Unterwegs bot der Schmied ihm seine Hilfe an, für besondere und auch für weniger besondere Fälle, er könne jederzeit zu ihm kommen, falls Fragen auftauchen oder sich Probleme und Komplikationen ergeben würden.

Gsellmann freute sich über das Angebot und den Umstand, endlich einen Eingeweihten zu haben, einen Mitwisser, an den er sich notfalls wenden könnte. Wie nach einer

Beichte war er darüber erleichtert, seine Maschine gezeigt zu haben, befürchtete aber gleichzeitig, der Schmied könnte sein Versprechen brechen und anderen davon berichten.

Seit er mit dem Bau begonnen hatte, waren fast 8 Jahre vergangen und außer seiner Frau und dem Schmied gab es keine Personen, die etwas davon gesehen hatten. Bisher werkte er ausschließlich im Geheimen, aber allmählich reizte es ihn, anderen zu zeigen, was für ein wundersames Ding er konstruierte. Dadurch könnte er weitere Tipps und Teile erhalten und möglicherweise die Bestätigung, etwas ganz Außergewöhnliches zu leisten.

Auch auf dem Gemeindeamt hatte er neulich der Sekretärin gegenüber eine Andeutung gemacht, als sie wissen wollte, was da vor sich ginge, die Leute redeten über ihn so seltsame Sachen, niemand wisse, was er da mache, aber ganz geheuer sei es scheinbar nicht. Sie selbst ginge es nichts an, doch sogar der Bürgermeister würde mittlerweile munkeln, dass es dabei nicht mit rechten Dingen zugehe.

„Ich schaffe etwas ganz Großes, aber es ist ein Geheimnis, von dem niemand nichts erfahren darf, bevor es nicht ganz fertig ist, denn es handelt sich dabei um ein Wunder."

Mehr sagte Gsellmann nicht dazu, versprach aber, ihr das Werk unverzüglich nach seiner Fertigstellung zu zeigen. Auf ihre Frage, wann es denn soweit sei, zuckte er mit den Schultern und antwortete lediglich: „Dann." Weitere Worte verlor er nicht darüber, regelte die Angelegenheit, die ihn hergeführt hatte, und ging weiter seines Wegs.

Wenige Wochen später begab sich Gsellmann zu einem seiner Alteisenhändler, um nach 2 weiteren Antriebsrädern mit bestimmten Durchmessern zu suchen. Er brauchte sie dringend, denn mit ihrem Einbau wäre ein entscheidender Punkt in der maschinellen Entwicklung erreicht. Schon zeitig am Morgen war er bei starkem Regen zu Hause aufgebrochen und erreichte völlig durchnässt den Hof des Alteisenhändlers. Er gönnte sich keine Pause, um sich aufzuwärmen und zu trocknen, sondern strebte unverzüglich zum Schrotthaufen, verschwand darin, wühlte wie ein Maulwurf und kroch bald darauf mit einem rostigen Rad wieder hervor. Diese Prozedur vollzog sich ein zweites Mal. Er kletterte noch tiefer in den Berg alter Eisen, ließ sich gewissermaßen in dessen Schlund gleiten, und tauchte nach geraumer Zeit wieder auf, Hut, Hose und Jacken voller Späne, das gesuchte Rad in der Hand. Obwohl es schwer wog, schwenkte er es triumphierend hin und her und kam damit zum Händler. Der bot ihm ein Glas Most an, aus dem mehrere Gläser wurden und ein längeres Gespräch über den tatsächlichen Grund seines regelmäßigen Erscheinens. Gsellmann erzählte ihm von Brüssel und vom Atomium, schwärmte davon unablässig, und untermauerte seine Worte mit hektischen Gesten, als die Rede auf seine Maschine kam. Da der Händler nicht kapierte, was die denn solle und könne, und Gsellmann sich nicht deutlicher auszudrücken vermochte, beschloss er, auch ihm gegenüber mit seiner Geheimniskrämerei aufzuhören. So luden sie die beiden Räder auf den Pritschenwagen des Schrotthändlers, fuhren zusammen nach Kaag, und Gsellmann zeigte seinen Riesenapparat. Der Händler starrte auf das Maschinenwunder mit großen Augen, konnte aber nicht viel dazu sagen. Immerhin bot er ihm an, bei Bedarf Teile zu liefern, er müsse dazu nur Bescheid geben. Dabei fiel kein abschätziges Wort über das Ganze und Gsellmann war ein wenig leichter ums Herz, weil er wieder jemanden mit zu seinem Werk genommen hatte.

Außerdem lagen die beiden Antriebsräder vor ihm, und er brannte darauf, sie einzubauen, denn nach ihrer Montage würde ein ganz bestimmter Punkt erreicht sein. Wenn die dazugehörigen Keilriemen darum geschlungen wären und alles miteinander verbänden, könnte er den ersten richtigen Versuch wagen, seine Wundermaschine einzuschalten. Er würde ihre Töne hören und sehen, wie sie sich bewegt. Eine ihm bisher unbekannte Spannung bemächtigte sich seiner, noch bevor er überhaupt damit begonnen hatte, und ließ ihn in den nächsten Tagen nicht mehr los. Bis die Räder an ihren Plätzen entsprechend verankert waren, und die Keilriemen daran befestigt, arbeitete er fast durchgehend 2 Tage und Nächte, zumal auch ein paar Kabel, elektrische Leitungen, Spulen und Stecker darin einbezogen werden mussten. Als es soweit war überprüfte er nochmals die Befestigungen der Räder, die Anschlüsse aller Kabel, die Verbindungen der Leitungen, vergewisserte sich, dass alle Keilriemen exakt angebracht waren und sich im Innersten der Maschine alles genau so verhielt, wie es sich gehörte. Vor lauter Nervosität bekam er dabei schweißnasse Hände.

Dann begann Gsellmann die Maschine einzuschalten.

Er drückte alle Knöpfe, betätigte alle Schalter und Hebel – und es ward finster!

Weder setzte sich die Maschine in Bewegung, noch gab sie Geräusche von sich. Stattdessen erschall in der Kammer ein gewaltiger Knall, verbunden mit einem Kurzschluss, der im Hause Gsellmann sämtliche Sicherungen durchbrennen und alle Lichter ausgehen ließ. Aber nicht nur in seinem Gehöft, sondern in der ganzen Umgebung, in Kaag und auch im umliegenden Tal brach die Stromversorgung zusammen. Sogar in den Edelsbacher Häusern hielten die Sicherungen nicht stand und sorgten für plötzliche Dunkelheit. Als hätte die Maschine bereits beim ersten Einschalten die Kräfte angedeutet, die in ihr steckten.

Am anderen Morgen erschien früh der Schmied. Ohne anzuklopfen, trat er in die Küche, grüßte kurz und verlangte Gsellmann zu sprechen. Der befand sich natürlich längst in der Kammer und hantierte an der Maschine herum, völlig verzweifelt über ihr Nichtfunktionieren und den ausgelösten Kurzschluss. Das alles war für ihn nicht bloß ein Rückschlag, sondern kam einer Katastrophe gleich, die seine Welt zerstört hatte.

„Hast du gestern Abend versucht, deinen Wundermurks in Betrieb zu nehmen?“ Der Schmied kam unverzüglich zur Sache und Gsellmann erwiderte kleinlaut: „Ja.“

„Mach nicht unnötig die Pferde scheu, das könnte schlimme Folgen haben“, grinste der Schmied verschmitzt, aber es klang ernst, und Gsellmann, der es auch so verstand, sagte: „Ich weiß.“

Er hatte die ganze Nacht nicht geschlafen und trotz seiner Niedergeschlagenheit ständig an der Maschine gearbeitet, bei der etliche Kabel durchgeschmort waren. Selbst die Steckdosen an der Wand, die zur Hauptleitung führten, waren verkohlt, aber immerhin noch funktionstüchtig. Das zählte für ihn mehr als der Umstand, dass die Stromversorgung im Haus nach dem Einsetzen neuer Sicherungen nicht beeinträchtigt war. Auch in seiner Werkstatt, in der ehemaligen Sauküche, funktionierten die Leitungen noch, also hatte der Kurzschluss doch keine ganz gravierenden Schäden, geschweige denn einen Totalschaden, ausgelöst. Ihn beunruhigten hauptsächlich die Defekte an der Maschine, an deren Kabeln und Steckern, und an den Steckdosen in der Wand. Vor allen Dingen aber bekümmerte ihn, dass sie nicht lief und nach ihrer Inbetriebnahme sofort die Stromzufuhr zusammengebrochen war. Einem gelernten Elektriker wäre das garantiert nicht passiert, aber ihm, der noch nicht einmal einen Beruf gelernt hatte, musste ein solches Missgeschick unweigerlich widerfahren. Deshalb war er auch nicht in der Lage, die ausschlaggebenden Fehler festzustellen und zu beheben.

Der Schmied jedoch hatte ein Handwerk gelernt und sah sich bereitwillig den Schaden an, um zu erforschen, worin die Ursache dafür liegen könnte und wie solche Auswirkungen künftig zu vermeiden wären. Während Gsellmann über seine verkorkste Existenz als nicht ausgebildeter Bauer lamentierte und sie für das Missgeschick verantwortlich machte, inspizierte der Schmied detailliert die Maschine. Obwohl ihm auf den ersten Blick klar war, dass sie auf diese Weise hier niemals in Betrieb genommen werden könnte, wollte er alles genau überprüfen, um keine voreiligen Schlüsse zu ziehen.

„Das kann nicht klappen“, teilte der Schmied schließlich seinem Gegenüber mit. „Es ist genau so wie ich es mir gedacht habe, das funktioniert so nicht, das ist unmöglich bei den Leitungen. Die Hauptleitung eignet sich nicht für so eine Stromstärke, die für deinen Apparat hier erforderlich ist. Du brauchst entweder neue Stromkabel, am besten im ganzen Haus, natürlich mit der entsprechenden Hauptleitung, oder ein Notstromaggregat, an das du den Apparat nach den Reparaturen anschließen kannst."

„Aber ich kann doch keine neuen Leitungen legen, das kostet viel zuviel. Und woher soll ich ein Notstromaggregat nehmen, das ist doch auch teuer?" Gsellmann jammerte, rang mit seinen Händen, schluchzte und begann zu weinen, denn er glaubte, sein Vorhaben sei nun endgültig gescheitert.

„Reiß dich zusammen und beruhig dich", sagte der Schmied, „ich weiß vielleicht einen Ausweg, der dich billig kommt."

Sofort erhellte sich Gsellmanns Miene, und ein schier seliges Lächeln zog sich um seine dünnen Lippen, als der Schmied vom Notstromaggregat seines Bruders sprach, das unbenötigt in einem Verschlag in dessen Werkstatt stehe. Das könne Gsellmann ganz bestimmt haben, sie müssten nur dem Bruder Bescheid geben und es hierher transportieren.

„Wann gehen wir? Heute noch? Sofort?" Gsellmanns Ungeduld schuf sich schleunigst ihren Durchbruch, um für die Maschine alle anderen Belange hintanzustellen.

„Meinetwegen gleich", erwiderte der Schmied und meinte, sie könnten mit seinem Auto das Gerät geschwind holen, aber wenn, dann müsse es auf der Stelle geschehen, denn er verfüge nicht über viel Zeit, in seiner Werkstatt warte zu viel Arbeit.

Gsellmann hörte ihm gar nicht ganz zu, sondern öffnete die Tür, schob den Schmied hinaus, verschloss den Maschinenraum, und ohne sich von seiner Frau zu verabschieden fuhren sie ins 5 Kilometer entfernte Paurach zu der Tankstelle und Reparaturwerkstätte. Der Bruder des Schmieds begrüßte Gsellmann mit einem argwöhnischen Blick und den Worten, ihm sei zu Ohren gekommen, es gebe eine mysteriöse Wunderkonstruktion, die in der ganzen Gegend für Stromausfall gesorgt habe. Gsellmann staunte und fragte ihn, woher er dies denn wisse, und erfuhr, dass fast alle davon Betroffenen glaubten, es könne nur von ihm kommen.

„Es wissen inzwischen ohnehin alle, dass du da an einem Satansapparat bastelst. Vielleicht solltest du sie beruhigen und ihnen die Höllenmaschine zeigen oder sie dem Teufel vor die Füße schmeißen, bevor du damit noch mehr Unfug anrichtest und dadurch die Leute auf böse Gedanken bringst."

Als müsste er sich rechtfertigen, stammelte Gsellmann, ein gläubiger Christ zu sein, der nichts im Schilde führe, was mit dem Gottlosen in Verbindung stehe. Er redete sich darauf aus, nichts gelernt zu haben, und meinte, dass der Kurzschluss nur deshalb zustande gekommen sei. Der Schmied erläuterte seinem Bruder noch ein paar Einzelheiten und brachte dadurch die Rede auf das benötigte Notstromaggregat.

„Wenn du versprichst, keinen Blödsinn zu machen, und dir damit geholfen ist, nimm es mit. Ich verfüge über Starkstromleitungen und brauche es deshalb bestimmt nicht mehr."

Als Gsellmann ihm dankte und sich nach dem Preis dafür erkundigte, winkte der Bruder des Schmieds ab, in diesem Fall sei es sogar umsonst, aber sobald sein Monster wieder für Störungen sorgen sollte, käme ihn der Spaß verdammt teuer zu stehen.

Gsellmann schüttelte den Kopf, nein, nein, das komme nicht in Frage, und sie luden das Notstromaggregat auf die Ladefläche des Wagens, mit dem sie zurück zu Gsellmanns Hof fuhren. Der Schmied nahm sich noch die Zeit, das Gerät neben der Maschine zu platzieren und wies dabei auf einige Feinheiten der Elektrik hin. Gsellmann solle das Ganze akkurat nach diesen Instruktionen installieren und die Kabel und Leitungen anschließen, dann würde es keinen Kurzschluss mehr geben. Er könne den Apparat getrost so lange ausprobieren, bis er funktioniere – oder auch nicht. Mit diesen Worten verabschiedete sich der Schmied und bat darum, ihn auf dem Laufenden zu halten. Gsellmann lachte und versprach, ihm auf der Stelle seine Wundermaschine vorzuführen, sobald sie nach seinen Vorstellungen liefe.

Danach begab er sich unverzüglich an die Arbeit. Es gab viel zu tun, um den Rückschlag aufzuholen und die defekten Leitungen und Stecker auszutauschen, die durch den Kurzschluss in Mitleidenschaft gezogen waren. Glücklicherweise hatte ihm der Besitzer der Reparaturwerkstatt noch einige Kabel geschenkt, so dass er über genügend Material verfügte und nicht durch Besorgungen aufgehalten wurde. Das wäre mit weiteren Ausgaben verbunden gewesen, und Gsellmann hatte genug Schwierigkeiten, was das Geld betraf. Seine Frau bat ihn immer seltener, sich an der landwirtschaftlichen Arbeit zu beteiligen, aber sie lag ihm wegen dringender Anschaffungen in den Ohren und musste um jeden Groschen bei ihm betteln. Selbst den Ernteertrag behielt er zum größten Teil ein, um sofort zuschlagen zu können, sollte sich ihm ein wichtiger Bestandteil für die Maschine offenbaren. Dafür lobte er Jahre später noch in höchsten Tönen die Großzügigkeit des Tankstellen- und Reparaturwerkstattbesitzers, der ihm das Notstromaggregat kostenlos überlassen hatte. Dadurch könne er seinen Atomkern antreiben und somit das Herz der Maschine zum Schlagen bringen.

Um das Notstromaggregat richtig anzuschließen und alle Bestandteile, die vom Kurzschluss in Mitleidenschaft gezogenen worden waren, zu reparieren oder auszutauschen und anschließend das ganze Konglomerat aus Keilriemen, Kabeln, Kugeln, Gläsern, Gestängen, Glocken, Rohren, Rädern und Reifen zu reinigen, brauchte Gsellmann mehrere Tage und Nächte. Schlaf fand er währenddessen wenig, zur Nahrungsaufnahme erschien er immer nur zwischendurch in der Küche und für weitere familiäre Verbundenheiten bestand sowieso kein Anlass. Die Arbeit im Stall oder draußen auf dem Feld schien für ihn tabu geworden zu sein, und er anscheinend immun gegenüber den lauten und leisen Vorwürfen seiner Frau.

Nachdem das Chaos beseitigt war, das sein erstes Einschalten ausgelöst hatte, nach den Reparaturarbeiten und weiteren spontanen Einfügungen, installierte er einen hölzernen Fassboden. Er hatte ihn schon lange vorbereitet und nur auf den richtigen Zeitpunkt und den dafür geeigneten Platz gewartet, um ihn gebührend in der Maschine zu integrieren. Auf den Fassboden montierte und kolorierte er 3 Figuren, als Symbole für die 3 wichtigsten Stände der Welt: einen Priester, einen Soldaten und einen Bauern; getreu dem Motto – ich lehre, ich wehre, ich nähre. Erst nach Abschluss dieser Arbeit glaubte er wieder soweit zu sein, um am nächsten Tag einen neuerlichen Versuch zu starten, die Maschine in Betrieb zu setzen.

Gsellmann erschien früh morgens schon aufgeregt in der Küche, um ein wenig zu frühstücken, bevor er in der Kammer verschwand. Dort vergewisserte er sich, dass alles so war, wie es zu sein hatte, bevor er sich an das Einschalten der Maschine begab. Behutsam betätigte er alle ihre Hebel und Schalter, drückte die Knöpfe, damit sämtliche Motoren, Generatoren, Transformatoren, Aggregate und Gebläse mit Strom und Energie versorgt und angetrieben wurden. Er lauschte gespannt den ersten Tönen, die aus der Maschine drangen, sah fasziniert das stets schneller werdende Drehen der Räder, bis schließlich die Reifen um das Atomium kreisten und um den Kern der Maschine rotierten, die Vogelpfeifen schrillten, Glocken klangen, Bleche schepperten, Lampen leuchteten, Lichtlein um die Hula-Hoop-Reifen blinkten und flackerten und dem Jesuskind, der Marienstatue und der Madonna Heiligen- und Glorienscheine verliehen. Überall herrschte permanente Bewegung, denn alles hing zusammen und trieb sich gegenseitig an, begleitet von einem allseitigen Glitzern und Blitzen und Blinken und Fauchen. Der Boden bebte, die Wände wackelten und die Grundfeste des über 300 Jahre alten Bauernhauses schienen aus den Fugen zu geraten.

Gsellmann hatte die 9 Kugeln seines nachgebauten Atomiums mit 6 kreisenden und pfeifenden Rädern verstärkt und Glühlämpchen schlängelten sich um die Hula-Hoop-Reifen, die gleich einem Netz den Atomkern umspannten und sich schnell drehten. Setzten sich diese 6 blauen und roten Räder in Bewegung und kreisten in rasender Geschwindigkeit um die 9 Eisenkugeln, fingen gleichzeitig 64 Vogelpfeifen an zu schrillen, als wollten sie das Getöse der Motoren übertönen. Ein Gestänge aus Stäben, Rohren, Eisen und Blechen umhüllte das Ganze wie ein quadratischer Käfig, stabil und bunt.

Der Lärm war ohrenbetäubend, aber für Gsellmann glich er schönen Tönen, denen er völlig verzückt lauschte, als dränge aus der Ferne eine sanfte Symphonie an seine

Ohren, oder die leise Melodie eines Orchestrions, aus dem eine Partitur aus lauter Sphärenklängen dringt. Er stand regungslos da und betrachtete hingerissen das Spektakel.

Nach wenigen Minuten schaltete er alles aus, brachte die Maschine zum Stillstand und damit auch zum Schweigen, und verließ den Raum. Obwohl ihn sein Weg nur bis zur Küche führte, schloss er sorgfältig den Raum ab. Kurz darauf betrat er ihn wieder, diesmal in Begleitung seiner Frau und seines Sohnes, die draußen im Hof ihren alltäglichen Arbeiten nachgegangen waren, als sie von ihm hereingerufen wurden. Natürlich hatten sie den Krach gehört, der aus der Kammer drang, und befürchtet, es träte nun ein noch größeres Unglück als bloß ein Stromausfall ein. Aber es geschah nichts dergleichen, sondern Gsellmann erschien an der Küchentür, fuchtelte unbändig mit den Armen und rief dabei, sie sollten sofort kommen, er müsse ihnen auf der Stelle etwas Sensationelles demonstrieren.

Nun standen sie vor seinem Unikum, mit dem sie überhaupt nichts anzufangen wussten. Gsellmann strahlte, als er erneut das Ganze in Gang setzte und wiederum dieselben Geräusche, Bewegungen und Beleuchtungen aus der Maschine zauberte. Die daneben stehenden Familienangehörigen hingegen, die noch immer mit dem Schlimmsten rechneten, zeigten nicht die geringste Begeisterung sondern fragten nur, was das denn solle.

Gsellmann antwortete nicht.

Noch am selben Tag eilte er in die Kirche, zündete 2 Kerzen an und dankte seinem Herrgott, der ihn so gut geleitete. Anschließend suchte er den Pfarrer auf, ging mit ihm zum Schmied, und zu dritt fuhren sie in dessen Wagen zu Gsellmanns Hof, um sich von ihm die funktionstüchtige Maschine präsentieren zu lassen. Der Pfarrer bekreuzigte sich, als sich das Ungetüm in Bewegung setzte und seine Geräusche erklingen ließ, während der Schmied sich ein Lachen nicht verkneifen konnte. Aber er bewunderte insgeheim die Fingerfertigkeit des Ungelernten, der sehr geschickt die unterschiedlichsten Teile installiert und auf anscheinend völlig unpassende Art zu einer funktionierenden Mechanik miteinander verbunden hatte. Die Arbeit eines genialen Naiven, eines ungelernten Wunderkindes, das in unschuldiger Weise unvorstellbare Unmöglichkeiten nicht nur vorstellbar, sondern möglich gemacht hatte. Hätte die Maschine jetzt noch etwas produziert, etwas Brauchbares, etwas, das auch benutzt werden könnte, wäre sie nicht nur perfekt gewesen, sondern einem Meisterwerk gleichgekommen. Aber in ihrer Produktionslosigkeit glich sie in seinen Augen einer lärmenden Phantasmagorie, einer kostspieligen Spinnerei.

Der Pfarrer dachte ähnlich wie der Schmied, wenngleich er nicht so praxis- und gewinnorientiert gesinnt zu sein schien. Er sah das Ganze als eine kreative, aber völlig zweckfreie Leistung, und freute sich, als ihn Gsellmann auf die religiösen Elemente hinwies, die er eingebaut hatte: das Jesuskind, die Madonnen und die Kruzifixe, die alle beleuchtet wurden, und schließlich die vergoldeten Messingbuchstaben, die die Grundfläche der Weltkugel schmückten, deren Zentrum der Atomkern bildete.

Auf der Scheibe, auf der das Atomium stand, und die sich etwa 10 Zentimeter vom Wagenboden abhob, hatte er damit den Satz gebildet:

DAS ATOMIUM VON DER BRÜSSELER WELTAUSSTELLUNG AM 8. OKTOBER 1958. GSELLMANN FRANZ.

Die dafür benutzten Buchstaben waren beim Renovieren des Kircheninnenraums übrig geblieben und neben der Sakristei abgelegt worden, als Gsellmann eines Tages zum Beten kam. Er war ganz darauf erpicht, bat den Pfarrer um Erlaubnis und nahm sie sofort mit. Zusätzlich erwarb er auf dem Fetzenmarkt eine Schachtel mit goldenen Lettern, und benutzte sie für Inschriften, die später folgten und andere Weltausstellungen betrafen. So montierte er in seinem Atomkern auf einer Spiegelscheibe mit den Buchstaben den Satz:

> DER KLOBUS DURCH FRIEDE UND VERSTÄNDIGUNG LAUTET DAS MOTTO DER NEWIORKER WELTAUS-STELLUNG. G 1964–65 F.

Für die Schrauben, mit denen die Buchstaben befestigt wurden, drehte er mit einem Handbohrer Loch für Loch in die Scheibe. Dabei war höchste Vorsicht geboten, dass das Glas nicht zersprang. Der Vorgang klappte einwandfrei, die Scheibe hielt stand, bis die Buchstaben befestigt waren. Dann lackierte er alle Schraubenköpfe goldfarben, sogar die i-Punkte, die ebenfalls durch sie dargestellt wurden.

Fast ein Jahr nachdem Gsellmann die Maschine erstmals in Betrieb genommen und dem Pfarrer und dem Schmied gezeigt hatte, verleibte er ihr, als Hommage an Fortschritt und Modernität, eine weitere Widmung an die damalige Weltausstellung ein:

> DER MENSCH UND SEINE WELT. DER MENSCH ALS ERZEUGER. ALS ENTDECKER UND SCHÖPFER SOWIE DER MENSCH UND DIE GEMEINSCHAFT. LAUTET DAS THEMA DER MONTREAL WELTAUSSTELLUNG 1967.

Um Unfälle zu vermeiden, Schaden an anderen abzuwenden und sich selbst abzusichern, brachte Gsellmann in aller Deutlichkeit im Maschinenraum einen Warnhinweis an der Wand an, eigenhändig geschrieben und gerahmt, wie ein Bild, ein Gemälde fast, aus Buchstaben, Zahlen und Strichen in mehreren Farben.

ACHTUNG!
DAS ANLASSEN DIESER
MASCHINEN IST UNBEFUGTEN
STRENGSTENS VERBOTEN
NACH 15 MINUTEN LAUFZEIT MUSS
DIE MASCHINE ÜBERPRÜFT WERDEN!

BERÜHREN DER MOTORE U. LEITUNGEN
IST LEBENSGEFÄHRLICH!

UNFÄLLE AUF EIGENE GEFAHR!

FRANZ GSELLMANN
FEBER 1967

Der Schmied hatte ihm dazu geraten, für alle Fälle, obwohl es unwahrscheinlich war, dass Fremde ohne Gsellmann die Kammer betreten oder einen Blick hinein werfen könnten. Ihre Fenster waren nach wie vor vollständig verhängt und die Tür andauernd abgeschlossen, selbst wenn er sich nur kurz und nicht weit entfernte. Einmal verbrachte er 2 Tage und Nächte außerhalb von Kaag, der Ostersegen führte ihn mit seiner Frau und anderen Mitgliedern der Kirchengemeinde nach Rom, aber diese Abwesenheit genügte, um ihn die Tür nicht nur abschließen, sondern zusätzlich vernageln zu lassen. Zwar besaß außer ihm niemand einen Schlüssel für den Raum, doch er wollte völlig sicher gehen. Dennoch plagte ihn während seiner Abwesenheit die ständige Unruhe, jemand könnte sich Zutritt verschaffen und an seiner Wundermaschine vergreifen. Wenngleich die betreffende Person keinesfalls wissen konnte, wie das Ganze in Gang gesetzt gehörte, welche Hebel getätigt, Kabel gesteckt und Knöpfe gedrückt werden mussten, um alles zum Laufen zu bringen, vermochte ihn das auch nicht zu beruhigen. Im Gegenteil, der Gedanke daran bedrückte ihn noch mehr, denn er stellte sich deshalb vor, dass wahllos mit ihr experimentiert, ihr Schaden zugefügt und die Maschine praktisch geschändet werden würde. Als er zurück kam, war alles genau so, wie von ihm verlassen: die Tür nach wie vor zugenagelt und abgeschlossen, der Raum unbetreten, und sein Traumgebilde thronte mittendrin, unberührt und unbenutzt. Noch nicht einmal aus der Schnapsflasche, die immer neben ihr stand, fehlte anscheinend ein Tropfen.

Die Tatsache, dass die Maschine nun funktionierte, also ohne Schwierigkeiten eingeschaltet werden konnte und lief, bedeutete gleichzeitig, dass Gsellmanns Hoffnung, sie würde bald etwas erzeugen, stetig stieg. Gewiss, er musste weiter an ihr werken, das wusste er genau, aber er war davon überzeugt, auf dem richtigen Weg zu sein, was ihre Entwicklung zur Produktionsfähigkeit betraf. Als gläubiger Landwirt hieß dies auch, dass dazu Gottes Segen unabdingbar war. So wie er ihn für die Ernte und zur Verhinderung von Naturkatastrophen und Viehseuchen erbat, lag es für ihn auf der Hand, auch die Maschine und ihr Gedeihen in seine Gebete einzubeziehen und ließ sogar die sogenannten Sternsinger ihren Teil dazu beitragen. Er bat die 3 Buben, die verkleidet als die heiligen 3 Könige aus dem Morgenland im Januar Jahr um Jahr von Haus zu Haus zogen und sangen, in die Kammer zu seinem Wunderwerk. Sie fanden darin kaum Platz, drängten sich in den 30 Zentimeter breiten Freiraum zwischen Mauer und Maschine und fürchteten sich vor dem Monstrum. Trotzdem trugen sie mit zitternden Lippen ihr Lied zur Lobpreisung Gottes vor. Gsellmann stand daneben, hatte die Hände gefaltet und lächelte, denn diese Zeremonie, die sich von nun an jedes Mal zu Jahresbeginn wiederholen sollte, verlieh ihr noch mehr göttlichen Segen.

In diesen beiden Jahren, genau genommen handelte es sich um 1967 und 1968, wurde nicht nur die Existenz der Wundermaschine endgültig in der Öffentlichkeit bekannt, auch vollzogen sich innerhalb der Familie diverse Ereignisse, die neue Verhältnisse mit sich brachten. Nach ihrer Eheschließung war die Tochter auf den Bauernhof ihres Mannes gezogen, und nach der Heirat des Sohnes zog die Schwiegertochter in Gsellmanns Haus ein. Obwohl sie nun auch nicht mehr Personen als zuvor waren, benötigten sie mehr Platz. Nach reiflicher Überlegung und genauem Abwägen, wobei es um horrende Kosten ging, kamen sie schließlich überein, sich einen Anbau zu leisten. Dadurch gäbe es ein weiteres Zimmer und das Gebäude böte mehr Raum für 2 Familien, von denen sich möglicherweise bald eine vergrößern würde. Deshalb beanspruchten Sohn und Schwiegertochter den Anbau für sich, doch Gsellmann widersprach strikt. Der neu geschaffene Trakt maß in Länge, Breite und Höhe einen Meter mehr als die Stube, die von seiner Maschine mittlerweile komplett ausgefüllt wurde. Für sie forderte er den neuen Raum, denn sie würde aller Wahrscheinlichkeit nach ihre Teile viel schneller vermehren als die neue Familie ihre Mitglieder. Die Maschine würde garantiert rasanter anwachsen, und allein schon deshalb bald noch mehr Platz brauchen, das wusste er genau. Der Sohn und die Schwiegertochter begehrten energisch dagegen auf, aber ohne Erfolg, Gsellmann setzte sich durch, wenn auch erst nach harten und teilweise lautstarken Auseinandersetzungen.

Nach Fertigstellung des Anbaus sahen sie sich mit einer ungeahnten Schwierigkeit konfrontiert, die den Transport der Maschine in ihre neue Kammer fast verhindert hätte.

Sie passte durch keine Tür und die Lösung des Problems verlangte ihnen mehr Mühe ab, als die ganzen Umbauarbeiten zuvor. Damit sie die Maschine überhaupt aus der alten Kammer in ihre neue rollen konnten, musste zuerst die Decke gestützt und dann eine Wand darunter abgerissen und nach dem Transport wieder aufgemauert werden. Dabei duldete Gsellmann nur widerwillig, dass außer ihm jemand die Maschine anfasste, denn er konnte es nicht ertragen, wenn andere sie berührten. Missmutig reagierte er, als mehrere Hände sie umfassten und schoben und zogen und rollten, um unter größten Anstrengungen den Apparat aus der Kammer in den Anbau zu verfrachteten. Kaum hatten sie es geschafft, kaum stand die Maschine auf ihrem Platz, schickte Gsellmann die anderen fort, verhängte sorgfältig die Fenster und schloss den Raum ab.

Mit dem Umbau wurden zugleich neue elektrische Leitungen im ganzen Gebäude verlegt. Diese machten die Benutzung des Notstromaggregates hinfällig, denn die Maschine konnte nun direkt an das Stromnetz angeschlossen und in Betrieb genommen werden. Da sie sich bestens für die erforderliche Starkstromspannung eigneten, war die Gefahr eines weitreichenden Kurzschlusses gebannt. Gsellmann konnte nun beliebig schalten und walten und seinem Wunderwerk neue Möglichkeiten eröffnen. Darüber hinaus verfügte er über mehr Platz und konnte die maschinelle Entwicklung rigoros voran zu treiben. Der neue Raum war jedoch, wie die alte Stube auch, nicht mit einem Ofen ausgestattet, so dass Gsellmanns Finger in der kalten Jahreszeit bei der Arbeit an der Maschine weiterhin steif frieren würden.

Der erste ausführliche Handstreich im neuen Raum galt

dem Notstromaggregat und seiner Einverleibung in die Maschine. Gsellmann zerlegte es komplett, präparierte die Einzelteile und integrierte sie unauffällig, als hätten sie schon immer dazugehört. Sie mussten zuerst zurechtgestutzt, geschweißt, gedreht, gefräst oder anderweitig angepasst werden, bevor er sie in den Maschinenfarben Blau, Rot und Grün streichen und einbauen konnte.

Da es ihn drängte, einzelne Arbeitsschritte abzuschließen, um neue einzuleiten, begab er sich in jener Zeit zweimal täglich nach Feldbach. Bei trockenem Wetter und wenig Ballast benutzte er für die Strecke das Fahrrad, aber sobald es mehr zu schleppen galt, erwies sich das als wenig vorteilhaft. Einerseits kam ein Abschnitt dieser Strecke einer halsbrecherischen Abfahrt gleich, steil, glatt, kurvig und unübersichtlich, andererseits nötigte ihn der Rückweg zum mühsamen Schieben des beladenen Gefährts. Auf dem Weg von Edelsbach nach Kaag gab es solche Schwierigkeiten nicht, da war von den Steigungen die erste die schwerste, der Weg danach, allerdings unter permanent festem Treten der Pedale, fahrend zu bewältigen. Aber nur unter der Voraussetzung, dass dabei keine großen Lasten mitgenommen wurden. Doch die Strecke über Edelsbach nach Feldbach zu nehmen, oder umgekehrt, stellte einen Umweg von etlichen Kilometern dar und war daher nicht minder anstrengend.

Ging Gsellmann von Feldbach aus zu Fuß zurück und hatte nicht zuviel Geld für die Fräs- und Dreharbeiten in der Stahlbaufirma ausgegeben, kehrte er in der ersten Monatshälfte meistens am Stadtrand in einem Gasthaus ein. Hier setzte er sich an den Stammtisch, leistete sich ein kleines Bier und ein Gulasch und blieb oft länger als eine Stunde hocken. Es hatte lange gedauert, bis er erwähnte, weshalb ihn sein Weg so häufig hier vorbeiführte, aber seit sein Projekt bekannt war, redete er ganz gerne davon. Gsellmann erzählte dann begeistert von Brüssel, schwärmte regelmäßig vom Atomium, berichtete überschwänglich von seiner Wundermaschine und war in seinem Element. Er feixte und lachte, wenn ihm die anderen gespannt lauschten, und reagierte besonders vergnügt, wenn sie ihm neue Teile für seinen Apparat versprachen oder auf welche aufmerksam machten. Allerdings hielt er in diesem Gasthaus keine Einkehr, wenn die vorher getätigten Ausgaben den Rahmen überspannten oder sein Monatsbudget aufgebraucht war. Dann rastete er am Ufer des Bächleins, aß Brot und Speck, trank Most oder Wasser dazu, und widmete sich seinen Gedanken, bevor es weiterging. Vorbei an Apfelplantagen, an Wiesen, deren Ränder von Holundersträuchern gesäumt waren, an Feldern, auf denen Kohlrüben, Kürbisse oder Kartoffeln wuchsen, und manchmal Kukuruz, wie der Mais hier hieß.

Nach dem Transport der Maschine in ihren neuen Raum und dem Anschließen all ihrer bereits installierten Teile, lud er den Wirt des Feldbacher Gasthauses zu sich ein, um die Wundermaschine zu bestaunen. Der Wirt nahm die Einladung lächelnd an und chauffierte ihn an einem bestimmten Tag, mit einer Tasche frisch gefräster Teile, nach Hause. Er zeigte sich entzückt von dem riesigen Apparat, ließ sich alles erklären, bewunderte das Geschick des Schöpfers, und verstand nicht, wozu das alles dienlich sein solle. Immer wenn danach in seinem Gasthaus von Gsellmann die Rede war oder er gefragt wurde, was es denn Geheimes auf dessen Hof zu sehen gebe und was daran so besonders sei, erzählte der Wirt seinen Gästen von seinem Besuch und meinte: „Die Maschine macht einen Papierspagat."

Mit ihrem neuen Standort und dem Einbau des Notstromaggregates in die Maschine, verstärkte sich Gsellmanns Glaube, sie könnte etwas erzeugen, noch mehr. Er beschloss, noch viel intensiver zu arbeiten und ihre Entwicklung voranzutreiben, um endlich ein nützliches Produkt zu erhalten. Etwas Handfestes, etwas Haptisches, das seine Wundermaschine nach jedem Einschalten oder Knopfdruck lieferte, etwas, das eine Verwendung hätte und für gewisse Zwecke unentbehrlich sein würde. Ein einmaliges, durch und durch sinnvolles Erzeugnis, das allen diente, am besten eines, das noch nicht existierte, dessen Notwendigkeit sich aber allgemein bemerkbar machte.

Vielleicht würde sie von ganz alleine etwas herstellen, ohne sein Zutun, so wie seine Hühner über Nacht Eier legten, die nur noch eingesammelt werden mussten. Jeden Morgen betrat er den Raum in der Hoffnung, vor der Maschine ein Produkt zu finden, das sie in seiner Abwesenheit ganz von alleine erzeugt hätte. Selbstverständlich spornte ihn die Tatsache, dass dem nie so war, noch mehr dazu an, sie unablässig und konsequent weiterzuentwickeln.

Dazu gehörte auch sein Sinnspruch, den er exakt 11 Jahre nach Baubeginn auf rundem Spiegelglas montierte und nahe der Madonnen und dem Jesulein am Kreuz unterbrachte. Für diesen Sinnspruch verwendete er eine Vielzahl winziger Schrauben und seine letzten vergoldeten Buchstaben. Er brachte alle unter, sogar die, die scheinbar nicht passten, mit denen er teilweise diejenigen ersetzte, die ihm fehlten, ungeachtet der verqueren Rechtschreibung, die dabei entstand.

> MIT MÜCH UND BLARG HARB ICH GEBAUT. FÜR DAS
> SO KURZE LEBEN. GOTT WIRD MICH IN DER ANTERN
> WELT EINE SCHÖNERE ARBEIT GEBEN. G. 1969. F.

Im Frühjahr 1970 erreichte Gsellmann das Pensionsalter und bezog eine kleine Rente. Von nun an eilte er regelmäßig jeden Monatsanfang dem Briefträger entgegen, um den fälligen Betrag persönlich entgegen zu nehmen. Er wollte unbedingt verhindern, dass der Postbote das Geld seiner Frau oder anderen Familienmitgliedern aushändigte. Die würden es wahrscheinlich auf der Stelle für Anschaffungen ausgeben, die sie für sich selbst als notwendig erachteten. Diese Beträge fehlten ihm dann für die Maschine, und er wollte alles verhindern, was dem Anwachsen seines Wunderwerkes entschieden entgegenwirken würde.

Da er nun offiziell Rentner war, war Gsellmann auch endgültig davon überzeugt, in der Landwirtschaft nichts mehr arbeiten zu müssen, ohne dass ihm jemand Vorwürfe machen könnte. Er zog sich noch mehr in die Maschine zurück, rührte für die Belange des Hofs keinen Finger mehr und werkte im Maschinenraum, während die anderen mit der Arbeit kaum fertig wurden. Sie mussten alles alleine machen und schufteten unter größten Anstrengungen und Widrigkeiten, während er sich in die Welt seiner Traummaschine zurückzog. Sein Sohn missbilligte zwar die mangelnde Unterstützung, versuchte aber abzuwiegeln, wenn die Rede auf die Maschine und das Verhalten seines Vaters kam. „Das ist seine Sache und sein Werk", meinte er gegenüber seiner Frau, die überhaupt kein Verständnis dafür zeigte. Sie boykottierte die Maschine und alles was damit zusammenhing, denn ihretwegen litt die Familie an Platzmangel und wirtschaftlicher Not. Gsellmanns Frau zeigte sich inzwischen nachsichtiger, denn sie wusste, dass daran nichts mehr zu ändern war. Sie sah keine Möglichkeit, seiner Besessenheit Einhalt zu gebieten, tolerierte seine ständige Abwesenheit und bedauerte die vielen unnötigen Ausgaben, die er für die Maschine tätigte. Eines Tages, er zeigte sich wieder einmal nicht bereit, ihr Geld für die dringend benötigten Stiefel zu geben, stellte sie ihn in ihrer Verzweiflung erneut zur Rede.

„Ich habe mich schon oft gefragt und überlege mir nach wie vor ständig, weshalb du so viel in deinen Apparat steckst. Er bekommt von dir alles, was du hast, aber wir kriegen nichts. Kannst du mir sagen, warum?“

Gsellmann sah sie mit einem zweideutigen Blick an, als wisse er nicht, ob ihm nun zum Lächeln oder zum Weinen zumute sei, und entgegnete nach kurzer Überlegung: „Die Maschine, die mache ich doch für dich, dass du immer ein Andenken hast an mich, wenn ich nicht mehr da bin. Die Stiefel, die hättest du in ein paar Jahren vergessen.“

Damit war für ihn das Thema erledigt und sein Desinteresse an den profanen Alltäglichkeiten wieder in aller Deutlichkeit zum Ausdruck gebracht, bevor er in seinem Raum verschwand und sich in der Maschine verkroch.

Obwohl sich Gsellmann nicht mehr an der landwirtschaftlichen Arbeit beteiligte, kassierte er die Ernteerträge und steckte sie zum großen Teil in die Maschine. Er investierte in sie, ohne Rücksicht auf andere anfallende Ausgaben, mit Ausnahme eines kleinen Traktors. Als er seinem

Sohn das Haus überschrieb, setzte er die Klausel durch, dass der Raum mit der Maschine davon ausgenommen sei und bis zu seinem Lebensende in seinem Besitz bleiben müsse. So versicherte er sich, dass ihm niemand mehr den neuen Maschinenraum streitig machen und ihn zum Aufgeben und Verlassen seines Werkes zwingen konnte.

Ein paar Wochen nach seiner Pensionierung klopfte es eines Tages mehrmals an der Haustür. Gsellmann öffnete und zeigte sich erfreut über einen Besuch, der zweifelsfrei ihm galt. Dabei handelte es sich um einen Uhrmacher, der in der Schweiz wohnte und regelmäßig in dieser Gegend seinen Urlaub verbrachte. Gsellmann war mit ihm inzwischen gut bekannt, hatte sich schon öfter an ihn gewandt, wenn ihn Fragen zur mechanischen Technik plagten. Sofern der Uhrmacher gerade in der Gegend weilte und Gsellmann Informationen über die diversen Funktionstüchtigkeiten von Räderwerken benötigte, kleinen Motoren und dergleichen, konsultierte er ihn und holte sich die entsprechenden Ratschläge. Vor ein paar Jahren hatte er dem Uhrmacher bereits einen kurzen Einblick in die Maschine gewährt, zu einer Zeit, als sie sich noch in ihrer Ursprungsstube befand und nur aus dem nicht vollendeten Atomkern bestand. Damals sah er sich mit einem Problem konfrontiert, das ihn am Weiterarbeiten hinderte und das Schlagwerk einer Standuhr betraf. Er wollte sie der Maschine einverleiben, doch funktionierte das Ganze nicht wie erhofft, ganz gleich, wie er es drehte und wendete. Zufällig hörte er vom urlaubenden Uhrmacher und suchte ihn nach reiflicher Überlegung auf.

Gsellmann schilderte ihm den Sachverhalt auf schwerfällige Weise. Er meinte, dass es für einen Gelernten sicherlich leicht sei, den Fehler zu erkennen und zu beheben, und druckste dabei mit missverständlichen Worten lange herum. Der Uhrmacher, der kaum nachvollziehen konnte, worum es tatsächlich ging, unterbrach ihn und meinte, es sei bestimmt am besten, ihm das Ganze zu zeigen. Über dieses Ansinnen erschrocken, musste Gsellmann lange überlegen, bevor er ihn bat, mitzukommen und einen Blick auf die Konstruktion zu werfen.

Auf dem Weg zum Haus erwähnte Gsellmann, dass er in seiner Jugend davon geträumt habe, Uhrmacher zu werden. Er erzählte von seinem Vater, der manchmal Uhren repariert oder an dem sogenannten Räderwerk gebastelt habe, jedoch nur in den Wintermonaten oder nachts dazu kam. Als Werkstatt diente ihm damals genau die Stube, in der Gsellmann mit dem Bau seiner Maschine begonnen hatte. Der Vater widmete sich mit sturer Verbissenheit den Uhren, die er reparierte oder zusammensetzte, und fehlte ihm ein Teil, ein Stahlfederchen etwa, das in der näheren Umgebung nirgends zu erhalten war, ging er zu Fuß nach Feldbach. Bekam er das fehlende Teil auch dort nicht, begab er sich in die nächste größere Stadt, nach Gleisdorf oder gar nach Graz und war dafür einen ganzen Tag lang unterwegs.

Der Uhrmacher lächelte verständnisvoll und meinte, er hätte es genauso gemacht. Dann sprach er von Uhren und nannte gewisse Details über die Zusammensetzung ihrer mechanischen Getriebe. Anschließend wusste Gsellmann Bescheid über die Funktion der Unruh und wie verhindert werden konnte, dass ein Läutwerk im falschen Moment zum Schlagen ansetzt oder zum richtigen Zeitpunkt mit zu wenigen Schlägen reagiert.

Gewissermaßen war der Uhrmacher der erste, der die Maschine zu Gesicht bekam, wenngleich sie zu diesem Zeitpunkt noch nicht einmal als ein Fragment bezeichnet werden konnte. Selbstverständlich musste er schwören, nichts darüber zu berichten, weder nach seiner Abreise den Schweizer Eidgenossen und schon gar nicht hierorts jedweden Einheimischen gegenüber. Die Reparatur der Standuhr ging schnell vonstatten, ein verstecktes Häkchen hatte sich im Schlagwerk verheddert, und Gsellmann konnte sie nun ungehindert in seine Maschine einbauen.

Natürlich befiel den Uhrmacher beim Anblick des monströsen Apparates große Neugierde bezüglich der Funktion des Ganzen. Folglich erkundigte er sich mit Fleiß, was das riesige Gerät denn darstelle, was dabei entstehen oder heraus kommen solle und wie lange es noch dauern würde bis zu seiner Fertigstellung. Wie ein Schelm legte Gsellmann daraufhin den Zeigefinger an die Lippen, als wollte er signalisieren, dass dies nicht hinterfragt werden dürfe, und meinte lächelnd: „Das weiß nur Gott und er wird es auch richten."

Seit dieser Zeit schaute der Uhrmacher während seines Urlaubs immer bei ihm vorbei, um zu sehen, wie die Entwicklung der Maschine voran kam, deren gesamte Konstruktion ihn an ein kolossales Getriebe erinnerte, bei dem alles zusammenhing. Er schenkte ihm einzelne Bestandteile, Motoren, Läut- und Schlagwerke, Glocken, Riemen, Unterlagscheiben und Zahnrädchen, zeigte ihm gewisse Tricks und Kniffe und weihte ihn dabei systematisch in die Finessen und Geheimnisse der Feinmechanik ein.

Als der Uhrmacher an diesem Tag im späten Frühjahr 1970 bei Gsellmann anklopfte, befand er sich nicht auf Urlaub im steirischen Vulkangebiet, an dessen Ausläufern Edelsbach lag. Er war Rentner geworden, hatte beschlossen sich hier niederzulassen und in Kaag ein Haus gekauft. Das lag etwa 2 Kilometer von Gsellmanns Gehöft entfernt, direkt am Weg nach Raab. Hier setzte er sich nun zur Ruhe, ohne jedoch seine Arbeit völlig aufzugeben. Das Haus war geräumig genug, so dass er alle seine Werkzeuge, Geräte und anderen Teile im Untergeschoss in einer separaten Werkstatt unterbringen und hier weiterhin Auftragsarbeiten nachgehen konnte. Er hatte sich einen guten Ruf als Spezialist für alte, besonders für mittelalterliche Uhren geschaffen, so dass sein Rat und seine Arbeit vielerorts gefragt waren. Selbstverständlich kannte er sich in mechanischen Details bestens aus und stellte nicht nur deshalb eine optimale Unterstützung für Gsellmann dar. Da er viele Aufträge für Reparaturen oder Nachbauten alter Getriebe, Läut- und Schlagwerke bekam, bei denen ständig unterschiedlichste Materialien abfielen, geriet seine Werkstatt bald zum Fundus für Gsellmanns Maschine. Zahlreiche unscheinbare Gegenstände, winzige technische Geräte, die in ihr steckten, stammten aus den Restbeständen des Uhrmachers, der auch von sich aus immer wieder vorbeischaute, um die maschinelle Entwicklung zu beobachten. Trotzdem kam es vor, dass ihm Gsellmann manchmal den Einblick verwehrte und die Tür nicht öffnete, ohne einen Grund dafür zu nennen. So wie er dann einfach nicht auf sein Klopfen reagierte, blieb er ihm gegenüber auch in anderen Dingen zurückhaltend und gab nicht alles preis. Vertrauensverhältnis hin oder her, aber was gewisse Geheimhaltungen betraf, machte er keine Ausnahme. War er voll beladen mit seinem Fahrrad oder zu Fuß unterwegs und der Uhrmacher fuhr mit dem Auto an ihm vorbei und stoppte, um ihn mitzunehmen, lehnte es

Gsellmann strikt ab. Auch da fürchtete er, der andere könnte sehen, was er transportierte und daraus falsche Schlüsse ziehen und ihn mit Fragen überhäufen. Über das, was sich in Arbeit befand oder in seiner Absicht lag, verweigerte er jede Auskunft, und am Unangenehmsten war ihm, darauf angesprochen zu werden. Lieber ging er einen Weg zweimal und mühte sich doppelt ab, als sich die Blöße zu geben, bei einem bestimmten Vorhaben ertappt zu werden.

Der Uhrmacher verstand diese Zurückhaltung nicht, hätte ihm gerne geholfen und seinen geräumigen Kofferraum zur Verfügung gestellt, aber Gsellmann blieb konsequent. War ein weiterer Maschinenteil beendet, so zeigte er diesen gerne, aber vorher war ihm das unmöglich. Es sei denn, er verstrickte sich beim Bau und wusste, dass es ihm nicht möglich war, eine bestimmte Schwierigkeit eigenhändig zu überwinden. Aber das waren andere Probleme, innerbetriebliche sozusagen, die mit seinen Vorbereitungen nichts zu tun hatten.

Da trotz Gsellmanns Heimlichtuerei, oder gerade deshalb, die Maschine zusehends Bekanntheit errang – jedenfalls wussten zumindest vom Hörensagen alle in Kaag, Edelsbach und Umgebung davon –, schien es nur eine Frage der Zeit zu sein, bis sie auf überregionaler Ebene Aufmerksamkeit erregte. Ihr Schöpfer hielt nicht inne daran zu arbeiten, kümmerte sich um fast nichts anderes mehr und investierte alles in sie: Zeit, Kraft, Energie und Geld.

Es lag natürlich nicht an der Vernachlässigung hinsichtlich der Landwirtschaft und seiner Familie, dass sein Spleen und dessen Auswurf, wie seine maschinellen Machenschaften gemeinhin genannt wurden, allmählich immer bekannter wurden. Dafür sorgte das Geschwätz und Gespött der Leute, die darüber die ärgsten Gerüchte verbreiteten. Ohne die Maschine gesehen zu haben beschrieben sie anderen gegenüber auf äußerst übertriebene Weise, um was für ein Monstrum es sich dabei handle. Das genügte aber noch nicht, um die Medien herbeizulocken, die sich nur allzu gerne auf spektakuläre Leistungen, Taten und Missetaten stürzen.

Hätte es nicht der Pfarrer verstanden, sie mit wohlwollenden Worten zu informieren und gleichzeitig neugierig zu machen, wäre Frühjahr 1972 wahrscheinlich kein Reporter mit einem Fotografen aufgekreuzt, um anschließend in der Zeitung auf einer ganzen Seite über den Schöpfer und seine Maschine zu berichten.

Gsellmann öffnete an diesem Morgen auf ihr lautes Pochen hin die Tür und war baff, als ihm die beiden kurzerhand ihr Anliegen unterbreiteten.

„Eine Reportage über meine Wundermaschine und über mich", stammelte er und schlug die Hände zusammen, „ein ganzer Artikel mit Fotos in dieser berühmten Zeitung, die in der ganzen Steiermark gelesen wird!"

Er schien sichtlich verwirrt zu sein und bat die beiden, draußen zu warten, er müsse sich zuerst herrichten, bevor sie Fotos schießen könnten. Kurz darauf erschien er wieder in der Tür. Er hatte sich in aller Eile frisch frisiert, rasiert, einen Anzug und andere Schuhe angezogen, die geschwind von seiner Frau geputzt worden waren. Diese lauschte an der geöffneten Küchentür und lugte um die Ecke, bass darüber erstaunt, dass in ihrem Haus leibhaftig 2 Menschen von dieser bekannten Zeitung standen und von hier berichten wollten. Sie hörte ihren Mann sagen, sie müssten sich noch einen Augenblick gedulden, sein Maschinenwunder weise noch ein paar Schmutzflecken auf, so könne er es unter gar keinen Umständen präsentieren. Dann verschwand er im Raum und schloss sorgfältig die Tür hinter sich ab.

Üblicherweise reinigte er die Maschine, indem er eine Decke vollständig über ihr ausbreitete und nur die Stelle freiließ, die geputzt wurde. Kaum war ein Teil gesäubert, bedeckte er ihn sofort, um zu verhindern, dass sich aufgewirbelter Staub wieder darauflegte. Anschließend enthüllte er die Stelle daneben, um hier mit dem Vorgang fortzufahren. So wie die Inbetriebnahme der Maschine, das Einschalten all ihrer Motoren, nach einem strengen Ritual verlief, verhielt es sich auch mit dem Putzen. Es ging alles nach einem genauen Plan vor sich. Die noch nicht benutzten Bestandteile blieben stets unter einem Stoff verborgen und die bereits geputzten wurden sofort wieder bedeckt, und je größer sie wurde, je mächtiger sie sich ausdehnte, desto emsiger widmete er sich ihrer Reinheit. Er bedeckte übrigens nicht nur beim Putzen, sondern auch beim Einbau neuer Bestandteile den Rest der Maschine, wegen der Neugier der Leute, wie er meinte, obwohl die sowieso nichts sehen konnten.

Als die Maschine immer größere Ausmaße bekam, nahm er sich einmal wöchentlich einen ganzen Tag Zeit, um sie vollständig zu reinigen. Das reichte aus, um sie sauber zu halten und zu verhindern, dass sich die einzelnen Teile mit Staub und Schmutz belegten und dadurch kein Öl mehr fließen ließen. Wenn das nicht mehr gewährleistet war, ginge seiner Ansicht nach alles kaputt. Das war unter anderem ein Grund, weshalb er das Ritual des Putzens, das Bedecken der gerade nicht zu säubernden Bestandteile, immer beibehielt, als bildete es die Voraussetzung für die vollkommene Reinheit seiner Konstruktion.

Jetzt aber musste auf die rituelle Hingabe verzichtet werden, es pressierte ihm, denn er wollte nicht, dass die Leute von der Zeitung zu lange warten mussten. Gleichzeitig konnte er auch nicht zulassen, dass sie die Maschine im schmutzigen Zustand fotografierten. Deshalb beeilte er sich, bedeckte diesmal keine Teile, hauchte Stück für Stück das Gestänge an und wischte schnell und sorgfältig mit einem Tuch darüber, bis ihm daran nichts mehr schmutzig vorkam. Anschließend überprüfte er die einzelnen Stellen penibel auf ihre Sauberkeit.

Erst nach dieser Putzaktion bat er die Zeitungsleute herein. Er war aufgeregt, redete schnell, ging anfangs kaum auf ihre Fragen ein, sondern pries seinen Herrgott, dem er diese Gabe zu verdanken hätte. Sie blieben etwa eine Stunde, ließen sich von Brüssel und vom Atomium erzählen, vom Baubeginn und der Entwicklung, und zuckten erschrocken zusammen, als nach dem Einschalten die Maschine mit allen ihren Geräuschen und Tönen aufwartete. Wie immer setzte Gsellmann sein Wunderwerk nur kurz in Betrieb, um es nicht zu sehr zu strapazieren, bevor er ihre einzelnen Bestandteile, deren jeweiligen Besonderheiten, Herkünfte und Ursprünge erklärte.

Dabei hob er voller Stolz die zuletzt eingebaute Kirche sowie das Windrad eines Orgelgebläses hervor. Letzteres hatte er über dem Atomkern montiert und die aus schmalen Holzteilen zusammengesetzte Kirche neben dem alten Blitzableiter. Dieses kringelige Stück hatte der Schmied verkleinert, gebogen und Gsellmann überlassen, der es blau lackierte und sofort in seiner Maschine installierte. Hier wirkte das schmiedeeiserne Gestänge wie eine imposante Verzierung des mächtigen Tragwerks, zwischen einer Messingkugel des nachgebauten Atomiums und der Kirche aus Holzstäbchen.

Deren 1000 Hölzchen stammten, wie das Orgelgebläsewindrad, vom Pfarrer, der die beiden Relikte dem Depot der Edelsbacher Kirche entnommen und Gsellmann überlassen hatte. Die einzelnen Stäbchen, nicht größer als Streichhölzer, hatte ein russischer Kriegsgefangener geschnitzt, der gegen Ende des 2. Weltkrieges in Edelsbach interniert gewesen war. Gsellmann nahm die Holzelemente dankend an sich, bestrich sie einzeln mit goldener Farbe und klebte sie in mühevoller Kleinarbeit zu einer Kirche zusammen. Es kostete ihn enorm viel Zeit, aber umso stolzer präsentierte er sie nach ihrem Einbau in die Maschine. So wie nun den beiden Leuten von der Zeitung, die darüber nur den Kopf schüttelten und verhohlen grinsten.

Sie belächelten seine naive Art und glaubten sich in eine andere Welt versetzt, die nicht von Produktionsmechanismen sondern von Fantasieprodukten dominiert war. Die passten in keiner Weise in die gegenwärtige Zeit, in der es ausschließlich darauf ankam, verwertbare Leistungen zu akzeptieren und zu honorieren. Hier allerdings traf genau das Gegenteil zu, denn da existierte jemand, der akkurat die entgegengesetzte Richtung einschlug und allem Anschein nach für die andere Welt arbeitete, in der Imagination und Kreativität mehr zählten, als eine scheinbar produktive Realität. Aber das schrieben sie nur ansatzweise und brachten es auch in den Fotos kaum zum Ausdruck.

Ihr Artikel trug die Überschrift „Die nutzlose Wundermaschine“, und gleich eingangs war darin zu lesen, dass zur näheren Erläuterung des Ganzen schlichtweg die nötigen Worte fehlten. Dabei stellte der Verfasser die Frage, ob es überhaupt möglich sei, „dieses Mammut-Maschinen-Kunstwerk“ zu beschreiben. Er bezeichnete es als „das Wunder einer Maschine – und dieses Maschinenwunder zischt, brodelt, dampft, pfeift, läutet, leuchtet auf, scheppert. Und za wos?“ Er verfiel sogar in den örtlichen Dialekt, als läge es in seiner Absicht, das Ganze mit dieser provinziellen Ausdrucksweise zu verniedlichen und geringschätzig zu beschreiben. Dabei entsprach es keinesfalls den Tatsachen, denn weder brodelte noch dampfte die Maschine. Später bezeichnete er sie als „der technischen Weisheit letzter Schluss“, denn sie „dreht sich um ihrer selbst willen und um nichts: Eine Maschine betreibt eine Maschine“. Er zeigte sich fasziniert von den Heiligen, die darin „in unendlicher Güte auf einen Zaun herablächeln, der aus Karaffenglasstöpseln gebildet ist“, denn das trug, seiner Auffassung nach, „etwas Visionäres an sich“, da hier ihr Schöpfer gleichzeitig „ins Paradies“ schaue. Diesen Schöpfer, nämlich Gsellmann, nannte er Meister und beschrieb ihn als „ein kleiner, spindeldürrer Mann, mit klugen Augen, etwas vorgebeugt, die harte Arbeit hat ihm die Schultern nach vorne gezogen. Erbauer und Erfinder, Techniker und Elektriker aus eigener Lehr, zweifacher Familienvater, und wie gesagt, Besitzer des familieneigenen Elektrowunders. (Niemand aber darf den Raum betreten)“, fügte er in Klammern an, als gelte es, Gsellmanns Geheimnis zu wahren. Er bezeichnete es als einen Giganten, den ihr Erbauer „mein Kunstwerk“ nenne, das „teils Grottenbahn, teils Riesenrad“ darstelle, „eine Mischung aus Ringelspiel und Regenmaschine. Das zieht mehr aufs Gemüt und nicht aufs Praktische“. Gegen Ende des Artikels schrieb er erneut von einem Kunstwerk, mit einem Ausrufezeichen dahinter, und anschließend, wiederum in

Klammern, „(Gesamtkosten etwa 8000 Schilling.)." Tatsächlich rückte er das Ganze am Ende seines Berichts in den Bereich der modernen Kunst, verglich es mit einer Installation, deren Sinn den Betrachtenden verschlossen bliebe, die eigenartigerweise aber doch dafür bezahlten. Abschließend wurde ihr jegliche Rationalität und Nützlichkeit abgesprochen, denn „vor dieser Maschine, die um ihrer selbst willen läuft und zur Freude des Erbauers, scheitert jede blanke Vernunft. Und das ist gut so."

Bevor sie wieder zurück nach Graz fuhren, wurde Gsellmann von dem Fotografen vor der Maschine und bei der Arbeit am Drillbohrer in der Werkstatt abgelichtet. Dabei zeigte er den beiden auch eine Tüte, in der jeder Stahlspan von ihm aufgehoben wurde, um später eventuell Verwendung zu finden. Auch das mysteriöse Maschinenwunder knipste der Fotograf mehrmals, obwohl es in den Bildern zu dem Artikel nur in Ausschnitten zu sehen war. Zum Abschluss schenkte ihnen Gsellmann von der Schnapsflasche neben der Maschine jeweils ein Gläslein voll ein, sie prosteten sich zu, schüttelten sich nach dem Schluck und verabschiedeten sich.

Der Artikel über ihn erschien am 2. Juli 1972 in der Sonntagsausgabe der auflagenstärksten Tageszeitung der Steiermark. Gsellmann erfuhr nach dem Kirchgang im Wirtshaus davon, wo ihn Einheimische darauf aufmerksam machten. Nicht ohne Stolz zeigte ihm der Wirt die entsprechende Seite und Gsellmann wurde verlegen, als er sich und Teile seiner Maschine abgebildet sah. Die Tatsache, dass in dem Beitrag etliches schlichtweg nicht den Gegebenheiten entsprach und manches missverständlich dargestellt wurde, störte ihn nicht. Sogar über das fälschlicherweise beschriebene Zischen und Brodeln sah er hinweg. Stattdessen bedauerte er, dass die Maschine nicht in ihrem gesamten Ausmaß abgebildet war.

Den Männern am Stammtisch hingegen lieferte der im Beitrag erwähnte Betrag den meisten Anlass zu spöttischen und neidbesessenen Bemerkungen. An seiner Stelle würde jeder vernünftige Mensch den unnützen Gerümpelhaufen sofort verkaufen und die Summe in die eigene Wirtschaft stecken, wie sie ihm allen Ernstes rieten. Gerade er könne das Geld doch bestens gebrauchen, und ganz besonders seine Familie. Aber solche Bemerkungen stießen bei Gsellmann auf taube Ohren. Einige Einheimische neckten ihn – „jetzt wirst du alsbald zu einer berühmten Persönlichkeit, vor der wir den Hut lüpfen müssen" –, doch auch darüber hörte er beflissentlich hinweg. Genauso wenig kümmerten ihn in diesem Moment ihre Frotzeleien über die Unsinnsmaschine und das wirklichkeitsferne Getue, das er schon seit langem an den Tag legen würde.

Tatsächlich schätzte sich Gsellmann derart glücklich über den Zeitungsbericht mit den Abbildungen, dass er in diesem Moment resistent war gegen alle Einmischungen und Eingriffe von außen. Die Tatsache, dass seine Arbeitsleistung nun im weiten Kreis, noch dazu im Rahmen einer alteingesessenen Medieninstanz, ihre entsprechende Würdigung erfuhr, ehrte ihn über alle Maßen. In diesem Artikel sah er einzig und allein die Bestätigung seines bisherigen Wirkens und schöpfte daraus genügend Antrieb, um damit fortzufahren. Wenn nun außerhalb der Enge der Gemeinde die Anerkennung stattfand, konnte er unbeirrt den weiteren Bau seiner Wundermaschine vorantreiben.

Eine weitere Auswirkung dieses Zeitungsberichts bestand darin, dass der wundersame Apparat allmählich Bekanntheit auf überregionaler Ebene erlangte und ein halbes Jahr später sogar im sogenannten großen Stile für Furore sorgen sollte.

Das begann damit, dass der Edelsbacher Gemeindebote, völlig außer Atem nach der anstrengenden Fahrradfahrt, beim ihm aufkreuzte und ihn darum bat, schnellstmöglich in das Gemeindehaus zu kommen. Ihn schicke die Gemeindesekretärin, bei ihr im Amt hätte das Fernsehen angerufen, um sich nach Gsellmann zu erkundigen und ihn persönlich zu sprechen. Die Sekretärin ließ ihm ausrichten, sie würden es in zirka anderthalb Stunden wieder versuchen, er solle sich gefälligst sputen, um den Anruf nicht zu versäumen.

Gsellmann staunte, unterbrach seine Arbeit und kleidete sich für das Telefonat um. Er zog saubere Hosen an, ein gebügeltes Hemd und streifte zusätzlich eine Jacke über, trotz des strahlenden Sonnenscheins, der draußen herrschte. Dann radelte er schleunigst ins Dorf.

Die Gemeindesekretärin empfing ihn mit freundlichen Worten und schilderte ihm noch einmal in aller Ausführlichkeit den Sachverhalt. Dabei rollte sie verzückt die Augen, als von ihr der Name des bekannten Moderators erwähnt wurde, der persönlich hier angerufen hatte. Gsellmann lächelte und sie forderte ihn auf, bei ihr im Zimmer zu warten, bis sich das Fernsehen wieder melde. Er erzählte in der Zwischenzeit von der Wundermaschine und wie weit sie mittlerweile gediehen sei. Natürlich hatte sich die Sekretärin längst die Mühe gemacht gehabt, zu seinem Hof zu kommen, um sie in Augenschein zu nehmen, und konnte sich deshalb vorstellen, wovon er sprach. Er erklärte ihr, gerade eine Schiffsschraube eingebaut zu haben, die ihm der Schmied im Wagen gebracht hätte. Ihr Platz befinde sich knapp über dem Boden, ähnlich wie beim Rumpf eines Schiffes, und er habe sie blau lackiert, um so das Wasser gewissenhaft zu symbolisieren. Damit könne er optimal die Schwerelosigkeit eines Ozeanriesen auf den Meereswellen mit seinem Maschinenwunder verbinden.

Die Sekretärin nickte bei seinen Worten, als könnte sie ihm tatsächlich folgen, sagte zwischendurch immer wieder Jaja und wartete, im Gegensatz zu ihm, ganz nervös auf das Läuten des Telefons. Das ließ nicht mehr lange auf sich warten, und sie hob ab, noch bevor das erste Klingeln ausgeklungen war. Sie sprach ein paar Worte und reichte den Hörer an Gsellmann weiter. Nun hörte sie ihn mehrere Male Jaja sagen und anscheinend einen Termin für den nächsten Vormittag vereinbaren.

Kaum hatte er aufgelegt, wollte sie wissen, worum sich das Gespräch gedreht hatte, und Gsellmann schilderte ihr auf lapidare Art, dass morgen das Fernsehen kommen wolle, um seine Maschine zu filmen. Er tat, als sei es das Selbstverständlichste auf der Welt, war aber voller Stolz, nur seine Bescheidenheit hinderte ihn daran, damit zu prahlen. Die Sekretärin hingegen hielt sich mit ihrem freudigen Erstaunen keineswegs zurück, beglückwünschte ihn zu seinem Ruhm, und nahm ihm das Versprechen ab, ihr unbedingt alles detailgetreu zu berichten, sobald die Filmaufnahmen vorüber seien. Gsellmann sagte zu und fuhr mit seinem Rad zurück auf den Hof.

Zu Hause verhielt er sich ähnlich zurückhaltend und tat, als sei es ganz normal, dass morgen ein Kamerateam vom Fernsehen käme, um über ihn und seine Maschine zu berichten. Er erwähnte es nebenbei, und die anderen Familienmitglieder legten ihm nahe, dafür Geld zu verlangen, in dieser Branche sei das üblich. Er nickte, nicht nur, um sie zu beruhigen, sondern weil er bereits unterwegs daran gedacht hatte. Im Geiste sah er dabei neue Bestandteile, die er sich schon lange leisten und der Wundermaschine einverleiben wollte. Er schluckte hastig ein paar Brocken Abendbrot hinunter und verschwand in seinem Raum, in dem der riesige Apparat seiner harrte. Nun vollzog er die Prozedur des Putzens, damit kein Schmutzfleck und kein Staub auf der Maschine haftete, wenn anderntags das wachsame Auge der Kamera ihre Einzelheiten filmte und sie in einigen Tagen über die Bildschirme in die Wohnzimmer der Bevölkerung flimmern ließe. In der Nacht schlief er sehr wenig, aber nicht nur, weil sich das Reinigungsritual bis zum ersten Hahnenschrei hingezogen hatte.

Früh am Morgen erschien er bereits bestens gekleidet und gekämmt in der Küche, schlürfte Milchkaffee, tunkte ein paar Stücke eines Hefekranzes in die volle Tasse, redete fast nichts und begab sich alsbald in den Maschinenraum, um zu überprüfen, ob noch alles sauber war, und notfalls hie und da über das Gestänge zu wischen.

Das Fernsehteam kam später als angekündigt, weil es

angeblich den Weg nicht sofort gefunden hatte. Außerdem hatten der Reporter und seine Mitarbeiter vorher Aufnahmen und Interviews in Edelsbach und Umgebung getätigt und sich dabei beiläufig nach seinem Ruf erkundigt. Sie wollten hinterfragen, inwiefern es in dieser Landschaft, in der das Grundwasser in 80 Metern Tiefe noch 14 Grad warm ist, Zusammenhänge zwischen den Einheimischen und der Beschaffenheit der Natur gebe, ob die Harmonie der Vulkanlandschaft dem Gemüt des dortigen Menschenschlages anzumerken sei, oder ob eine bedrückende Enge vorherrsche. Schließlich zählte diese Gegend zur Grenzregion, denn der sogenannte Eiserne Vorhang, der hier Österreich von den beiden ehemaligen Ostblockstaaten Jugoslawien und Ungarn trennte, befand sich nur einen Katzensprung entfernt. Aus dem Blickwinkel dieser Enge betrachtet, verbunden mit dem Brodeln tief im Innern der Erde, gliche Gsellmanns Vision der Maschine möglicherweise einem Vulkanausbruch.

Vor der Kamera und dem Mikrofon befragt, hielten sich die Einwohner mit ihrer eigentlichen Meinung über die Maschine zurück und bestätigten, dass Gsellmann etwas Außergewöhnliches leistete. Der Uhrmacher betonte, besonders der Umstand, dass Gsellmann keine berufliche Ausbildung absolviert hatte und trotzdem eine derartige Leistung vollbringe, verdiene höchstes Lob. Das müssten alle anerkennen, ganz gleich, wie abwertend sich die Leute darüber äußerten. Die Sendung versuchte den Eindruck zu vermitteln, als ständen die Einheimischen und alle anderen, die über ihn und die Maschine Bescheid wussten, hinter ihm und unterstützten ihn dabei ständig, sofern es ihnen möglich war.

Die Aufnahmen, bei denen Gsellmann immer wieder Teile seiner Wundermaschine und ihre Funktionen erklärte, dauerten einen halben Tag. Jedes Familienmitglied wurde vor die Kamera gebeten und befragt, Haus und Hof gefilmt, so dass ein Porträt entstand, mit dem in dieser Form in der gesamten Umgebung niemand gerechnet hatte.

Innerhalb des Ganzen wirkte Gsellmann sehr rege, hob maschinelle Besonderheiten hervor und erläuterte begeistert dies und das. Dabei vergaß er nicht, sich inständig auf seinen Glauben zu berufen, der unbedingt erforderlich sei, um derartiges überhaupt leisten zu können. Als Pfuscher, der er nun mal sei, sei es ihm ohne das nötige Gottvertrauen nicht möglich gewesen, so etwas zustande zu bringen. Er sei sowieso ein gläubiger Mensch und wäre niemals so weit gekommen, hätte ihn der Herrgott nicht unterstützt und mit Ausdauer ausgerüstet.

Wie um seine Worte zu unterstreichen, gestikulierte er mit den Händen, machte kurze, abrupte Armbewegungen und zog beim Sprechen vor Kamera und Mikrofon die Wangen ein. Die vielen Fragen kamen für ihn unerwartet, aber er war niemals um eine Antwort verlegen, selbst wenn sie ihm nicht leichtfiel. Zum ersten Mal versuchte er, zumindest teilweise, zu formulieren, welche Bedeutung die Maschine für ihn hatte – und möglicherweise für sein Umfeld. Sogar auf die Frage, ob er eigentlich ein glücklicher Mensch sei, gestand er freimütig: „Ich bin zufrieden, wenn ich nur gesund bin und mit mir und meiner Arbeit meinen Alltag zerstreuen kann." Er betonte seinen festen Glauben an die Maschine, ohne den er es nie so weit gebracht hätte, und hatte sogar auf die Frage nach ihrer endgültigen Fertigstellung eine Antwort parat.

„Das hängt von dem ab, wie der Herrgott mir das Leben schenkt. Wenn ich gesund bin, kann es sein in einem Jahr, in 2 Jahren, und wenn mich eine Krankheit überfällt, da kann man nichts mehr sagen. Hätte der Herrgott nicht soweit mitgeholfen, wäre ich niemals so weit gekommen. Man muss ein Vertrauen haben, man darf niemals verzweifeln oder den Kopf hängen lassen. Mitunter ist ein Mechaniker hereingekommen, und ich habe ihn gefragt nach einem Fehler, und er hat gesagt, nur Geduld, nur Ausdauer, und wieder weiter, und nicht verzagen. Die Ausdauer habe ich sowieso und werde weiter arbeiten."

Aber genau zu präzisieren, wann seine Wundermaschine beendet sei, sei ihm nicht möglich, und als der Reporter nachhakte, wirkte er bei seiner Antwort darauf verlegen, ein wenig unbeholfen, und entgegnete, es handele sich dabei um eine schwere Frage.

„Das ist eine schwere Frage. Es kann sein heute. Wenn es halt richtig was erzeugt, dann kann ich sagen, es ist fertig. Ich meine, man kann es nicht hundertprozentig sagen, wenn es halt patent geeignet wäre – aber leider Gott..." Er brach den Satz einfach mitten im Wort ab, wahrscheinlich weil es seiner Ansicht nach nichts mehr anzufügen gab. Nachdem der Reporter die Ansicht geäußert hatte, dass die Maschine, von ihrer Produktionslosigkeit abgesehen, eigentlich fertig wäre, lächelte Gsellmann.

„Naja, soweit. Wenn der Mensch zufrieden ist, ist sie fertig. Aber das Streben bleibt immer da, derweil ich halt arbeiten mag. Und wenn es halt nicht ist, ist es halt leider so", erwiderte er kryptisch, als läge es nicht an ihm.

Natürlich wisse er nicht, ob es ihm überhaupt gegeben sei, so lange zu leben, um den Bau der Maschine zu beenden. Er könne von heute auf morgen erkranken oder das Augenlicht verlieren und wisse nicht, was sich in nächster Zeit noch alles ereignen würde, denn mit seinen 63 Jahren sei er bereits ein alter Mann.

„Ich wäre ja schon froh, es nicht umsonst gemacht zu haben. Wenn es nicht für mich ist, dann für unsere jungen Nachkommen. Aber weiters kann ich dazu nichts sagen, da muss man die Zeit abwarten."

Tatsächlich habe er von Anfang an darauf spekuliert, dass die Maschine ab einem gewissen Zeitpunkt ein Produkt erzeuge. „Aber je tiefer und je weiter ich hineinkomme, und der Bau gedeiht, desto mehr Vertrauen bekomme ich darin. Vielleicht dieses Jahr oder nächstes Jahr, bis heute ist es mir zwar nicht gelungen, aber es könnte sein. Und wenn es nicht ist, kann man nichts machen."

Es klang, als versuche er, diesen für ihn anscheinend peinlichen Fragen nach den Produkten, die die Maschine abwerfen könne, auszuweichen. Er relativierte seine Antworten, beendete die Sätze nicht und überließ es letztlich den gelernten Menschen, zu beurteilen, was so eine Maschine überhaupt erzeugen könnte.

„Das muss man den hohen Ingenieuren überlassen. Aber wissen Sie, ich habe keine Schule, und die Ingenieure zu fragen, das ist immer eine ungute Sache. Die sagen ja nichts, das ist halt alles ihre Sache."

Schließlich gestand er ein, seit Jahren täglich darauf zu warten, dass die Maschine ein Eigenleben entwickle und von sich aus etwas produziere. Ob er das jedoch noch erlebe, stehe in den Sternen und bestimme der Herrgott, denn dass „ich das soweit überstehe, das ist halt ein großes Fragezeichen."

Ganz gleich, was geschehe, ihm gehe es einzig darum, weiterzumachen, immer weiter und weiter, schließlich empfinde er jedes Mal große Freude beim Beobachten der Maschine. Dabei sei ihm jeder einzelne Teil von ihr ganz besonders ans Herz gewachsen, denn er kenne sie durch und durch. Selbstverständlich trete ab und zu ein Fehler auf, das komme immer wieder vor, sei aber weiter kein Schlamassel.

„Von heute auf morgen kann ein großer Fehler auftreten, so hundertprozentig ist sie nicht gemacht, man hat ja keine Schule. Dann muss man halt mit Geduld darüber gehen und den Fehler rauskriegen. Und wenn der Fehler behoben ist, geht man weg und ist zufrieden."

Dann bewähre sich wieder jeder Teil in seiner Funktion, das sei von entscheidender Bedeutung, das könne er selbst an seinem eigenen Leibe spüren – denn alles in allem liebe er jeden Teil an der Maschine so, wie sich selbst.

Mit einer solchen Ausführlichkeit, noch dazu öffentlich, hatte er sich bisher noch nie zu seinem Maschinenwunder geäußert. Trotzdem blieb seine ursprüngliche Absicht, weshalb sie überhaupt entstand, wiederum verborgen. Immerhin gestand er ein, nicht bedacht zu haben, was für enorme Ausmaße die Maschine annehmen würde.

„Wie ich begonnen habe, habe ich gar nicht soweit gedacht, dass die Maschine so groß will werden. Ich habe ja so klein angefangen, das Fundament, den Atomkern, aber auf den großen Überbau hätte ich nie gedacht. Aber das ist eine Gabe, die kommt dann und dann. Der erste Teil ist mir gelungen, dann der zweite, dann der dritte, da kam immer Freude."

Er betonte, auch nicht damit gerechnet zu haben, dass

das Ganze so lange dauern würde, aber die Arbeit in der Landwirtschaft habe ihn lange Zeit davon abgehalten, ständig daran zu arbeiten. Was den ursprünglichen Baubeginn betraf, gab er an, schon lange im Geiste intensiv damit beschäftigt gewesen zu sein, eine maschinenartige Konstruktion zu schaffen, aber die Möglichkeiten dazu wären ihm vorher nie gegeben.

„Ich habe den ganzen Apparat im Kopf herumgetragen und kein Fundament dafür gehabt. Da habe ich in der Zeitung gelesen von der Brüsseler Weltausstellung und das Atominium dazu gesehen, und das war mein Fundament, und von da bin ich dann weiter gegangen."

Wie immer sagte er auch hier Atominium und erklärte, es anfangs aus Holz gezimmert zu haben, um seine Statik zu erforschen. Es mache ihn stolz, dass sich ab einem gewissen Zeitpunkt das Ganze verselbstständigt und wie am Schnürchen geklappt habe, zumindest so, dass es ihm unmöglich gewesen sei, mit dem Weiterbau aufzuhören – und jetzt könne er sowieso nicht mehr anders, als weiterzumachen, die Maschine sei schließlich ein Teil von ihm.

Da sie über kein Fernsehgerät verfügten, begab sich Gsellmann mit den anderen Familienmitgliedern am 17. Januar 1973 zum Nachbarn, um sich die Sendung anzusehen. Er war aufgeregt, er war glücklich, und er war auch seiner Frau nicht gram, die im Interview bekannte, es sei ihr leid um das viele Geld, das ihr Mann in die Maschine verschwende.

Im Fernsehbericht bezeichnete der Reporter das gesamte Gebilde als eine Maschine, die Maschine spiele, als monumentales Kunstwerk, in dem alles irgendwie zusammenhänge, in dem sich alles bewege und drehe, blinke und leuchte. Alle Bewegungen führen im Kreise herum, dabei griffe keine in die andere über, gebe es keinen Anfang und folglich auch kein Ende – ganz wie bei einem Perpetuum mobile. Ansonsten hielt er sich mit Kommentaren zurück, wahrscheinlich um den nötigen Ernst beizubehalten und keinen ironischen Tonfall aufkommen zu lassen. Trotz seiner Haltung und trotz ihres distanzierten Aufbaus war der Sendung anzumerken, dass nicht nur ihm die Maschine als Werk eines einfältigen Eigenbrötlers erschien. Hätte sie aber etwas Brauchbares produziert, wäre sie fabelhaft und ihr Erbauer genial gewesen.

Nach der Ausstrahlung der Sendung beglückwünschten etliche Einheimische Gsellmann zu seinem schönen Erfolg, zumindest drückten sie es so aus. Das war für ihn Bestätigung und gleichzeitig Ansporn genug, den Weiterbau konsequent fortzusetzen. Eine andere Auswirkung bestand darin, dass ihn mehr Menschen mit einem Besuch überraschten. Unangemeldet kamen sie teilweise von weit her, um die außergewöhnliche Maschine zu besichtigen, von deren Eigentümlichkeit überall so viel berichtet wurde. Meistens übertrieben sie, wenn sie dabei ihre Popularität rühmten, aber es lag auch in ihrer Absicht Gsellmann zu schmeicheln, um von ihm nicht vor seiner Haustüre abgewiesen zu werden. Sie wollten die Sonderbarkeit bestaunen und ihren Tönen lauschen und hielten sich dabei die Ohren zu oder nicht. Zu seiner Freude ließen sie ihm anschließend ein wenig Trinkgeld zurück, das von ihm prompt in die Weiterentwicklung gesteckt wurde.

Die Besucher drückten ihre Meinung teilweise in ihn erschütternden Bemerkungen aus und bezeichneten die Maschine abschätzig als verqueres Drecksräderwerk, oder einfach als Blödsinn. Sie begriffen nicht, dass jemand ausgerechnet in diesen Zeiten sein Geld, alle Kraft und Energie für etwas verschwendete, das keinen Gewinn abwarf, nichts produzierte, nichts erleichterte, keinen Fortschritt bedeutete und völlig nutzlos und unnötig zu sein schien. Das sprach sich natürlich schnell herum, die Leute konnten das weder glauben noch verstehen und kamen trotzdem – oder gerade deshalb. Bisweilen machten sie sich einen Spaß daraus, ihm gehörig ihre Meinung zu sagen, und seine Vergeudung zum Teufel zu wünschen. Sie ließen ihn lächelnd wissen, er habe ein Rad zuviel im Hirn, sein geistiges Getriebe gehöre gefälligst geölt, und sprachen der Maschine jegliche Substanz ab. Sie locke noch nicht einmal ein Hund aus seiner Hütte, und schon gar nicht einen Bauern von seinem Acker.

Wüste Beschimpfungen oder direkt auf ihn persönlich gerichtete tätliche Übergriffe fanden übrigens nicht statt. Dafür konnten die abfälligen Kommentare, ganz gleich, ob sie ihn erreichten oder nicht, mehr als bloß sehr verletzend sein. Die gängige Meinung, die die Leute untereinander bekundeten, bestand in der einhelligen Annahme, er sei aufmüpfig wie ein Partisan und würde auf seine Art gegen den unaufhaltsamen Fortschritt der Technik und das Gewinnstreben nicht nur demonstrieren, sondern regelrecht aufbegehren. Gerade in einer Zeit, in der sich alle darum bemühten, die Produktionen zu steigern, und damit den allgemeinen Lebensstandard, kämpfe er dagegen an. Es sei einwandfrei gegen das Gemeinwohl gerichtet, alle Kraft und Energie in eine Maschine zu stecken, die nur Unsinn und Nutzlosigkeit zuwege bringe – und dafür Unmengen an Elektrizität verschlinge. Alle Einheimischen rackerten sich ständig ab, um eine bessere Lebenssituation zu schaffen, aber er schwimme wie ein Anarchist gegen den Strom, stelle sich außerhalb der Gemeinschaft, verplempere Geld und Energie, anstatt die konjunkturelle Weiterentwicklung zu unterstützen. Was die anderen in Fortschritt und Gewinn investierten, verschwende er für Traumgebilde und Fantasieprodukte. Selbst wenn die kargen Nachkriegsjahre vorüber seien, bedeute dies noch lange nicht, dass nun Luftschlösser gebaut und Trugbilder geschaffen werden könnten. Allein schon deshalb habe die Maschine absolut keinen Wert.

So dachten die meisten Einwohner der nahen Umgebung, und so dachten die meisten Besucher, die von fern her anreisten. Erreichten ihn derartige Vorwürfe, verbunden mit Gespött und üblem Gerede, war Gsellmann nicht in der Lage, sich zu wehren. Zuerst reagierte er darauf mieselsüchtig und brauchte lange, seine Niedergeschlagenheit zu überwinden. Er versuchte zwar, sich nichts anmerken zu lassen, und tat, als hätte er es nicht vernommen. Aber er hörte es trotzdem, es verletzte ihn insgeheim, und versetzte ihm einen Stich tief in seinem Innersten. Anfangs musste er nach solchen verbalen Attacken gegen seine Tränen ankämpfen, und ließ ihnen erst freien Lauf, wenn die Leute wieder weg waren. Sie verachteten ihn wegen seiner Arbeit, und sobald sie ihn das wissen und spüren ließen, genierte er sich, und glaubte, es liege daran, dass er nichts gelernt hatte. Wäre er Ingenieur und würde ein solches Instrumentarium schaffen, würden sie ihn vielleicht bewundern und mit Geldern fördern, um die Weiterentwicklung in aller Ruhe vorantreiben zu können. Aber einen, der so etwas leistet, obwohl er nichts gelernt hat, stellten sie sofort als lächerlich hin.

Ihnen zu widersprechen, und seine Konstruktion zu rechtfertigen, wäre sinnlos gewesen, denn sie hätten ihn nicht verstanden. Nahmen die abfälligen Kommentare überhand, rief er sich jedes Mal zu seiner Beruhigung den Satz in Erinnerung: „Einem jeden Mensch recht getan, ist eine Kunst, die niemand kann."

Stellten die Leute die Frage, nach der tieferen Bedeutung seiner Wundermaschine, gab er keine Antwort. Er redete sich dann meist auf seinen Glauben aus, und betonte, darüber froh zu sein, dass ihm Gott diese Gabe gegeben habe, und der Herr auch dafür Sorge trage, dass da etwas zum Wohle aller entstehe. Aber das wollten die Menschen nicht hören. Erkundigten sie sich ganz konkret nach dem Sinn seiner Maschine, nach ihrer Produktionsfähigkeit, schwieg er mit Beharrlichkeit. Manchmal meinte er vage, dies komme alles noch, um gleich darauf anzufügen, der Herrgott würde das schon richten. Selbst die Frage, ob es sich um ein Kunstwerk handele, um einen Geniestreich gar, konnte er weder bejahen noch verneinen. Das spielte in seinen Augen keine Rolle, für ihn zählte nur der unablässige Weiterbau an seiner Wundermaschine. Aber was für ihn zählte, was ihm wichtig war, war für andere bedeutungslos.

Manche bescherten ihm eine Freude und brachten ihm Gerätschaften und Apparaturen mit, die sie nicht mehr brauchten, er aber der Maschine einverleiben konnte. So wurde ihm, als Spende sozusagen, das ausgemusterte Inventar einer aufgelassenen Zahnarztpraxis geliefert, und er schätzte sich glücklich, soviel verwertbares Material auf einen Schlag zu erhalten. Unter diesen Utensilien befand sich eine Infrarotlampe, die er ganz oben auf die Maschine montierte, damit der rote Schein zumindest einen Bereich von ihr anstrahlte.

Sein Hinweis, nur dank des Atomiums den fundamentalen Ausgangspunkt für sein Konstrukt gefunden zu haben, führte dazu, dass ihm fremde Besucher ein zusätzliches Miniaturexemplar aus Messing als Mitbringsel aus Brüssel überreichten. Er zögerte nicht, es in die Maschine einzufügen, denn es wäre ihm nie in den Sinn gekommen, etwas anderes damit zu machen. Als ihm eine elektrische Bohrmaschine geschenkt wurde, brachte er es nicht übers Herz, ihren praktischen Nutzen für seine Tätigkeit zu beanspruchen. Lieber stand er weiterhin stundenlang an der Werkbank und kurbelte mit viel Anstrengung am Handbohrer, anstatt mit einem Knopfdruck und etwas Kraft für das nötige Loch zu sorgen. Dafür fand die Elektrobohrmaschine ihren gebührenden Platz in der Maschine, da gehörte sie schließlich seiner Ansicht nach auch hin, nirgendwo sonst hätte sie nützlicher sein können.

Die Teile, die Gsellmann nicht gleich einbaute, verstaute er auf dem Schüttboden unter dem Dach, wo bereits andere Gegenstände lagerten und ihrer Montage harrten. Sie umsäumten den ausgestreuten Weizen, der immer weniger Platz fand und bald darauf in den Schuppen ausgelagert wurde, damit der Dachboden endgültig mit Gerümpel gefüllt werden konnte. Allmählich verstreuten sich die noch nicht eingebauten Bestandteile im ganzen Haus, selbst im Schlafzimmer unter dem Ehebett lagen einzelne Stücke, als würde sich die Maschine überallhin und grenzenlos ausbreiten.

Die Einwände seiner Frau versuchte er zu ignorieren, und die Beschimpfungen der Schwiegertochter, die mehr Raum für ihre Familie beanspruchte, brachten ihn zum Weinen. Aber es gelang nicht, ihn umzustimmen und die

Ausbreitung der Maschinenteile einzudämmen. Viel mehr trieben ihn ihre Vorwürfe immer häufiger zum Rückzug in den Maschinenraum. So sehr ihn ihre Kränkungen auch verletzten, kaum kümmerte er sich um sein Wunderwerk und beschäftigte sich mit dessen Entwicklung, existierte alles andere für ihn nicht mehr. Tatsächlich bestand sein einziges Anliegen nur noch darin, ungehindert an seiner Konstruktion zu werken, und mit nichts anderem belästigt zu werden. Deshalb schottete er sich immer öfter ab, zog sich unerreichbar in die Kammer zurück und verkroch sich in seiner Maschine, denn hier konnte er am Besten die Unbilden, die ihm draußen widerfuhren, vergessen. Aber wenn das nicht so vonstatten ging, wenn ihn jemand, besonders aus der Familie, von der Arbeit an seinem Werk abhalten wollte, kam es auch vor, dass er nicht weinerlich wurde, sondern sehr jähzornig und ungehalten und aufbrausend reagierte.

Manchmal, wenn auch selten, wurde er unvorhergesehen von den deprimierenden Auswirkungen der familiären Streitereien abgelenkt. Das war der Fall, wenn Fremde mit ihren Autos draußen vorfuhren, hupten und Gegenstände ablegten, die sie nicht mehr benötigten. Dabei handelte es sich meist um alten Krempel, den sie im Kofferraum zu Gsellmann transportierten, dessen Miene sich daraufhin sofort aufhellte. Er verstaute den Schrott dann im Haus und lieferte auf diese Weise wieder neuen Zündstoff für Zwistigkeiten.

Auch nachdem im September 1973 die Familie Zuwachs bekam und sein Enkel geboren wurde, verharrte er in seiner Haltung. Wie sein Urgroßvater, sein Großvater und sein Vater wurde der Junge auf den Vornamen Franz getauft, damit sich zumindest in dieser Hinsicht der Lauf der Generationen nahtlos fortsetzte. Aber abgesehen von der Freude über den männlichen Nachkommen, blieb nach der Geburt Gsellmanns Gebaren gleich. Weiterhin kümmerte er sich kaum um familiäre Angelegenheiten und machte auch keine Anstalten, die im ganzen Haus verstreuten Maschinenteile beiseite zu räumen.

Das führte sogar soweit, dass ihm Familienmitglieder damit drohten, die Maschine zu zerstören und aus dem Haus zu schmeißen, sobald er sich nicht mehr dagegen wehren könnte. Selbst seine Frau stand bei diesen Verbalattacken stumm daneben und nickte beifällig. Aber in Wirklichkeit war sie längst nicht mehr seine Frau und die Familie nicht mehr seine Familie. Die Maschine war ihm ein und alles geworden: Frau, Geliebte, Familie und Religion. Sie war seine Welt, mit allem, was dazu gehörte, sie bildete seinen Kosmos, in dem nichts anderes existierte. Auch wenn er sich selber darüber nicht klar war – er lebte nach wie vor zu Hause, teilte mit seiner Frau das Bett, saß mit der Familie am Tisch, ging regelmäßig in die Kirche, betete zu seinem Gott –, so hatte das alles für ihn nur noch nebensächliche Bedeutung.

Von großer Bedeutung allerdings blieb seine Begeisterung für die Raumfahrt und was damit zusammenhing. Das führte sogar so weit, dass eigens für ihn eine Spielzeugraumkapsel aus dem Fernen Osten importiert werden musste, damit er sie der Maschine einverleiben konnte. Er war zufällig darauf gestoßen und gleich beim ersten Anblick derart davon fasziniert, dass er alles daran setzte, sie zu bekommen.

Kurz zuvor hatte er auf dem Grazer Fetzenmarkt eine

Handmaschine zum Socken- und Strümpfestricken erworben, die ihn zwar sündhaft teuer zu stehen kam, aber die Ansicht, dass sich die Anschaffung auf alle Fälle lohne, zerstreute seine Bedenken. Die Strickmaschine war mindestens 150 Jahre alt und dasselbe Modell befand sich, wie ihm versichert wurde, im Deutschen Museum in München. Um sie getreu seiner Vorstellung in die Maschine einbauen zu können, musste er einige Kleinigkeiten bei seinem Dreher und Fräser präparieren lassen. Auf dem Rückweg von Feldbach sah er in einem Vorgarten ein Kind mit einer Mondrakete spielen. Völlig davon in Bann gezogen blieb er stehen, bewunderte die Raumkapsel und wusste, dass er so eine unbedingt haben musste – nicht nur aus Huldigung an die Weltallflüge. Er erkundigte sich, woher das Spielzeug stamme, doch konnte der Kleine keine Antwort geben. Aber als die Mutter sah, dass ein fremder Mann ihren Buben ansprach, eilte sie herbei und gab ihm die entscheidende Auskunft, froh darüber, dass es ihm nur darum gegangen war.

Am nächsten Tag fuhr Gsellmann nach Graz in ein spezielles Spielwarengeschäft, um sich die Mondrakete zu besorgen. Die Verkäuferin wusste nichts von diesem Produkt und meinte, das würden sie nicht führen. Er ließ nicht locker, ahmte das Geräusch nach, das die Kapsel im eingeschalteten Zustand von sich gab und erklärte ihr, dass sich auf Knopfdruck eine Luke öffne und ein sitzender Astronaut zum Vorschein komme. Diese Beschreibung genügte und sie erinnerte sich an das Modell. Zu seinem Schrecken erfuhr er, dass es sich dabei um eine japanische Spielzeugrakete handele, die nicht mehr nach Europa ausgeliefert werde und die sie nicht mehr vorrätig hätten. Gsellmann ließ nicht locker und freute sich wie ein Kind, als die Verkäuferin versprach, alles zu versuchen, damit er das Gerät bekomme. Es würde dauern und mit entsprechenden Kosten verbunden sein, schließlich liege Japan nicht gleich um die Ecke, aber das wollte er nicht so genau wissen. Er bestellte auf der Stelle, trotz der Heidensumme, die ihm noch lange danach Kopfzerbrechen bereitete. Ein paar Wochen später holte er die Spielzeugrakete ab – und bezahlte dafür genau soviel Geld, wie er monatlich an Rente bezog.

Abgesehen von der teuren Raumkapsel für die Maschine, erwarb er zweimal an einem Kiosk ein spezielles Fachjournal zur Raumfahrt, um es zu Hause in aller Ruhe zu studieren. Genau genommen handelte es sich dabei um das „Mitteilungsblatt des Club der Luftfahrt von Deutschland" mit dem Titel „Flug Revue – Flugwelt international mit Flugkörpern". Die Zeitschrift war nicht billig, aber sein Interesse galt den darin abgebildeten und beschriebenen Flugobjekten und rechtfertigte daher in seinen Augen die Ausgaben. Am meisten faszinierte ihn das sogenannte „Aerospace-Magazin" in der Mitte der Zeitschrift, das auf mehreren illustrierten Seiten von den aktuellen Forschungen der Raketen- und Satellitentechnik berichtete, unter besonderer Berücksichtigung der Weltraumerkundung.

Ein paar Monate später, die Flug-Revuen datierten vom März und Dezember 1975, brachte er von seiner Route einen Tourismusprospekt für „Individuelle Pauschalreisen" mit. Darin wurden Flüge in die ganze Welt angeboten, verbunden mit der Möglichkeit, mittels beigefügter Postkarte lange oder kurze Aufenthalte in europäischen oder außereuropäischen Städten und Ländern sofort zu buchen. Als würde er beabsichtigen Urlaub zu machen oder zumindest einmal, und sei es bloß über das Wochenende, seinen Traum vom Fliegen zu realisieren. Doch es blieb beim Vorhaben, denn Gsellmann traute sich nicht mehr, die Maschine für länger als einen Tag alleine zu lassen.

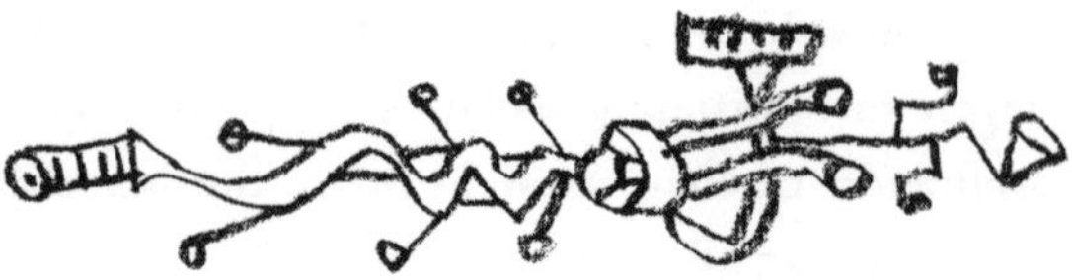

Durch die Berichterstattung im Fernsehen und von sich überregional ausbreitenden Berichten und Gerüchten angeregt, legte ein Regierungsrat aus Tirol auf seiner Durchreise einen Zwischenstopp in Edelsbach ein. Es war ihm ein Anliegen, die wunderliche Maschine zu besichtigen und die Bekanntschaft mit ihrem Schöpfer zu machen.

Gsellmann fühlte sich von diesem hohen Besuch sehr geehrt und präsentierte die Maschine voller Stolz. Der Politiker lobte sein Werk und meinte, er habe da ein einmaliges Gebilde konstruiert und einen wundersamen Apparat gebaut. Anerkennend klopfte er ihm auf die Schulter und bat ihn, davor für ein Foto zu posieren. Gsellmann folgte der Aufforderung gerne, der Regierungsrat knipste und versprach, ihm das Bild unverzüglich zu schicken, sobald es entwickelt sei. Er schoss weitere Fotos, und Gsellmann goss ihm zum Abschied einen Schnaps ein, aus der Flasche, die wie immer für alle Fälle neben der Maschine stand. Der Politiker prostete ihm zu, trank und sagte:

„Diese Maschine ist eine Weltmaschine, denn es gibt auf der ganzen Welt keine zweite in dieser Art!“

Er lächelte und reichte Gsellmann das leere Glas. Nun musste Gsellmann schlucken, allerdings nicht der alkoholischen Flüssigkeit wegen, sondern ob der Bezeichnung, die soeben gefallen war.

„Wie haben Sie meinen Murks gerade genannt?"

Auch wenn er sich einmal mehr in Bescheidenheit hüllte, war ihm diese Frage völlig ernst. Er hatte schon viele Bezeichnungen für sein Wunderwerk vernommen und suchte insgeheim nach einem geeigneten Ausdruck oder Namen, aber bisher war ihm noch kein passendes Wort untergekommen.

„Weltmaschine", wiederholte der Politiker langsam, und betonte dabei die einzelnen Silben. „Das hier ist kein Murks, sondern eine Weltmaschine, Gsellmanns Weltmaschine."

Gsellmann war perplex. Genau das verdeutlichte am besten, worum es ihm ging. Weltmaschine, Gsellmanns Weltmaschine, nichts anderes konnte das Ganze präziser beschreiben. Je länger er darüber nachdachte, desto ehrfürchtiger wurde er.

„Sie haben völlig Recht, das ist es, genau das."

Er nickte und drückte mit leiser Stimme allen Respekt aus, der in ihm steckte.

„Aber Weltmaschine darf ich nicht sagen, denn das ist ein großes Wort, ein gelehrter Ausdruck – und ich bin kein gelehrter Mann."

Der Regierungsrat hörte diese Worte schon nicht mehr, war wahrscheinlich wieder weit weg, als Gsellmann noch immer darüber räsonierte. Kein anderes Wort konnte besser vermitteln, woran er hier werkte: seine Welterfindung, sein Weltgefüge, das Weltgetriebe in seinem Kosmos, so wie es in seiner Vorstellung entstanden ist – und weiterhin entstehen würde. Dabei wirkten die einzelnen Bestandteile wie himmlische Hieroglyphen, die nur ihr Schöpfer entschlüsseln konnte.

Es waren keine 14 Tage vergangen, als Gsellmann Post aus Tirol erhielt. In einem großen Kuvert steckte das Foto, das ihn vor der Maschine zeigte, eine runde Scheibe aus Holz und ein goldener Rahmen. Darin prangte ein fünfzackiger Stern neben zahlreichen Buchstaben. Diese bildeten in feiner Druckschrift die Bezeichnung, die der Regierungsrat dem Ganzen gegeben hatte:

„Gsellmann's Welt Maschine".

Gsellmann's mit Apostroph und Weltmaschine auseinander und untereinander geschrieben, 2 separate Wörter ohne Trennungsstriche miteinander verbunden, schließlich war Gsellmanns Welt Maschine.

In den folgenden Tagen montierte er auf dem damals höchsten Punkt seines Riesengebildes eine alte Waschtrommel. Auf die Vorderseite dieser rotierenden Trommel klebte er den Rahmen mit dem Namen seiner Maschine. Das Foto, das der Regierungsrat von ihm gemacht hatte, befestigte er auf ihrer Rückseite.

Die hölzerne Scheibe, die ebenfalls aus der Post des Politikers stammte, brachte Gsellmann unterhalb dieser Waschtrommel an. Nur ein alter Adventskranzhalter trennte beide voneinander. In der Scheibe befand sich ein sogenannter Drudenfuß, um die bösen Kräfte abzuwenden, ein magisches Pentagramm, in dessen Zentrum ein weiterer kleinerer Fünfstern gemalt war. In die 5 einzelnen Dreiecke, die die Zacken des großen Sterns bildeten, waren die Buchstaben GWM gedruckt, als Abkürzung für „Gsellmann's Welt Maschine", sowie die griechischen Lettern für Anfang und Ende, nämlich Alpha und Omega.

Da immer mehr Menschen einen Ausflug zu ihm und der Weltmaschine unternahmen, wurde er zusehends mit Fragen konfrontiert, deren spontane Beantwortung ihm nicht leichtfiel. Aber nicht nur private Besucher überhäuften ihn mit Fragen aller Art, sondern besonders die Medien zeigten steigendes Interesse und forderten viele Auskünfte. Rundfunkstationen brachten Sendungen über ihn, nationale und internationale Zeitungen schickten Reporter und Fotografen, die vieles wissen wollten, was ihn nicht selten in Verlegenheit brachte. Er liebte es, seine Weltmaschine zu präsentieren, auf Eigenheiten bestimmter Einzelteile hinzuweisen, sie vorzuführen und kurz laufen zu lassen. Allerdings verabscheute es Gsellmann, wenn die Leute versuchten, in ihn zu dringen und ihn mit Fragen zu bombardieren. Am schlimmsten aber war für ihn, wenn sie sich nach dem Sinn des Ganzen erkundigten und wissen wollten, was das denn darstelle, was er sich dabei gedacht habe, und so fort.

Um diesen Unannehmlichkeiten vorzubeugen und der Neugierde der Menschen und Medien entgegenzutreten, entwickelte Gsellmann einen Fragebogen. Darin formulierte er die häufigsten Fragen, mit denen ihn die Leute konfrontierten – um nun seinerseits die Leute damit zu konfrontieren. Wenn Besucher kamen, drückte er ihnen die Seite in die Hand und gab an, nur darauf zu antworten. Als hätte er ein Frage-Antwort-Spiel kreiert und dabei die Regeln neu fixiert.

Er überlegte sich seine Antworten ganz genau, prägte sie sich exakt ein und verteilte den Fragebogen bevorzugt vor Aufnahmen mit Tonbandgeräten. Dann konnte er flüssig und ungehemmt darauf eingehen. Waren die Leute von einer Zeitung oder einer Illustrierten und wünschten ein Foto von ihm und seiner Weltmaschine, warf er sich in Pose und freute sich jedes Mal über den entsprechende Artikel und die Abbildung. Die Texte, die über ihn verfasst wurden, nahmen es mit den Tatsachen nicht immer genau, aber das störte ihn kaum. Die Hauptsache dabei bestand für ihn sowieso nur in der Anerkennung seiner Arbeit. Die Berichte bestätigten ihn und spornten ihn an, unablässig weiterzubauen, bis die Maschine etwas produzieren würde, also fertiggestellt wäre.

Nachdem er den Fragebogen ausgearbeitet und an die Reporter und Journalisten verteilt hatte, nahm die Ungenauigkeit in der Berichterstattung ab, da er zu fast allen Fragen eine Antwort gab, wenn auch manchmal bloß eine vage. Nur über den Sinn seiner Maschine, ihre tiefere Bedeutung, hatte er keine Frage formuliert – und gab darauf auch keine Antwort.

FRAGEBOGEN:

WODURCH KAM DIE IDEE ZUR ERRICHTUNG EINER SOLCHEN ANLAGE?
WAS IST DIE MEINUNG DER LEUTE ZU DIESER ARBEIT?
WIEVIELE MOTORE LAUFEN INSGESAMT?
WIEVIEL GLÜHBIRNEN BRENNEN AUF DIESER ANLAGE?
KOSTENPUNKT DER GANZEN ANLAGE?
WURDE DIESE ANLAGE GANZ ALLEIN ERBAUT?
WELCHE FIRMEN HABEN BEI DIESER ANLAGE MITGEARBEITET?
WER FÜHRTE DIE SCHWEISSARBEITEN DURCH?
VON WO WURDE DAS HIEZU NOTWENDIGE MATERIAL BEZOGEN?
HAT DIE ERRICHTUNG DER ANLAGE VIELE SORGEN UND MÜHE GEMACHT?

GAB ES BEI DER ERRICHTUNG DER ANLAGE AUCH FEHLPLANUNGEN?
MUSSTE WEGEN FEHLPLANUNGEN VIEL MATERIAL ZUSÄTZLICH GEKAUFT WERDEN?
BRAUCHT DIE MASCHINE VIEL STROM?
WIEVIEL LICHTMASCHINEN SIND EINGEBAUT?
WARUM MUSS FERNGESTARTET WERDEN?

Die erste Antwort hatte er auf einem Extrablatt notiert und davon mehrere Exemplare angefertigt, um sie gegebenenfalls zu verteilen. Ausnahmsweise umfasste sie mehrere Sätze, obwohl er sich ansonsten sehr wortkarg gab und auch die Frage danach – Wodurch kam die Idee zur Errichtung einer solchen Anlage? – knapp formuliert war.

„Das ist und bleibt eine begabte Sache, das ist mir von Kindheit auf schon angeboren. Ich will nur bloß die Begabung ausarbeiten. Ich hab Jahre studiert, soll ich anfangen oder soll ich nicht anfangen, weil ich damit gerechnet hab, dass das Material viel kosten wird und die Arbeit wird sowieso nicht bezahlt. Das Schlimmste ist halt nur das, weil ich nicht gelernt gewesen bin. Es sind da mehrere Berufe beinander, man muss ein Tischler, Elektriker, Mechaniker, Techniker, Anstreicher und Landstreicher sein. Ich hab da viel ins Land müssen hineinhorchen, damit ich alle meine Teile zusammengebracht habe, die da herpassen. Wissens, ich hab viel fürs Aug und für die Anziehungskraft müssen machen. Danach hab ich mich kurz entschlossen, durchs fleißige Arbeiten und Denken, Gott wird mich lenken. Er hat mich auch gelenkt, weil ich nicht gelernt gewesen bin."

Auf die ebenfalls häufig gestellten Fragen über den Wert des Ganzen, wie viel Geld darin stecke und wie viel er bei einem Verkauf dafür bekomme, wusste Gsellmann keine Antwort, außer, dass sich das schwer abschätzen lasse; er habe genügend hineingesteckt, herausgespuckt habe die Maschine noch nichts.

Trotz der Trinkgelder, die ihm die Besucher reichten, verdiente er nach wie vor nichts daran, und auf Erzeugnisse, die außerhalb der Vorstellungswelt lagen, also auf haptische Produkte, die sein Riesenapparat lieferte, hoffte er täglich umsonst. Einen Großteil der geringen Einnahmen, inklusive seiner Rente, investierte er sofort in neue Teile, um das Auswuchern seiner Weltmaschine zu fördern.

Gsellmann betrieb das maschinelle Anwachsen auch auf geistige Weise und hatte mittlerweile eine genaue Vorstellung von den Objekten, die er benötigte. Deshalb zog es ihn regelmäßig, und zwar fast immer am Monatsanfang unmittelbar nach Erhalt seiner Rente, zu den Schrott- und Altwarenhändlern nach Kohlberg und Paldau. Er eilte dem Briefträger entgegen, kassierte die Auszahlung persönlich ein und ging gleich weiter, um dringend benötigte Teile aufzutreiben. Zuerst erkundigte er sich bei den Schrotthändlern nach den gesuchten Gegenständen, meinte, in der Nacht eine Eingebung gehabt zu haben und deshalb ein ganz bestimmtes Teil zu benötigen. Manchmal erzählte er auch von einem Traum, in dem ihm dieses gewünschte Stück erschienen sei, oder er sprach von einer Vision. Am häufigsten aber sagte er: „Gott hat mir diese Eingebung gegeben", und startete seine Jagd danach. Er wühlte und kramte in den Krempelbergen und gab keine Ruhe, bis das Teil gefunden war. Notfalls genügte ihm ein ähnliches, das er dann vom Schmied oder dem Dreher und Fräser anpassen ließ. Am Monatsende aber war er immer knapp bei Kasse, blieb zu Hause und werkte an der Maschine, schließlich mussten die ergatterten Teile auch eingebaut werden.

Da der Weg zur Alteisenhandlung in Kohlberg der weiteste und beschwerlichste von allen war, ging Gsellmann dort immer zügig vor. Beim Paldauer Schrotthändler hingegen weilte er häufig längere Zeit und ließ sich auch gerne auf ein Gespräch ein. Nach dem Stöbern im Schrott hockte er mit dem Besitzer zusammen, und sie unterhielten sich über das, wonach ihnen der Sinn stand. Sie setzten sich auf eine Bank im Hof vor den Gerümpelhaufen, tranken Brunnenwasser oder Most. Dann schwärmte Gsellmann zum wiederholten Male von Brüssel, vom Atomium, von seiner Maschine und ihrer Entwicklung. Irgendwann, so betonte er ständig, irgendwann würde sie von alleine laufen, ohne fremde Energie. Das wäre dann auch ein Produkt von ihr: die Fähigkeit, sich ohne äußeren Einfluss selbst anzutreiben, sich permanent in Bewegung zu halten, ohne die geringste Energiezufuhr. Dabei würde sie gleichzeitig den Strom produzieren, den sie verbrauchte.

Eines Tages, als sie wieder einmal auf der Bank saßen und sich miteinander unterhielten, machte Gsellmann einen sehr geknickten, nahezu depressiven Eindruck. Selbst die Tatsache, vorher im Schrottberg völlig unerwartet auf ein brauchbares Staubsaugergebläse gestoßen zu sein, vermochte ihn nicht richtig zu erfreuen. Die Frage des Händlers, was ihn denn plage, weshalb er so traurig schaue und missmutig wirke, beantwortete Gsellmann zuerst mit Schweigen. Dann holte er kräftig Luft und begann zu jammern und zu lamentieren. Er beklagte sich über die Mitmenschen, die ihn verspotteten und ihn und seine Maschine noch immer nicht ernst nahmen. Alle würden ihn für plemplem oder ballaballa halten, für einen Spinner, sogar für einen Verrückten, und ihn auslachen.

Damit könne er zwar leben, darüber könne er sich meistens hinwegsetzen, doch gegen die Angriffe aus der eigenen Familie würden ihm bald die nötigen Abwehrkräfte fehlen. Am ärgsten, so schilderte er, würden sie ihn durch die Drohung schikanieren, seine Maschine zu zerstören, wegzuwerfen oder zu verkaufen, um mehr Platz zum Leben und Wohnen zu haben. Das zehre an seinen Nerven und koste ihn viel Energie, weil sie ihn unablässig damit drangsalieren würden. Sie könnten nicht akzeptieren, dass er soviel Zeit und Energie dafür aufbrachte, und beschwerten sich wegen des Geldes, das er dafür verplempere, anstatt es dem Wohle der Familie und der Landwirtschaft zukommen zu lassen.

Aber nicht nur seine Familienangehörigen konfrontierten ihn mit permanentem Unverständnis. Allgemein brächten ihm die Leute Vorwürfe und nichts als Abneigung entgegen, von wenigen Ausnahmen abgesehen. Sie meinten, er solle sich gefälligst nützlich machen und von seinem Irrsinn ablassen, ohne zu versuchen, ihn zu verstehen. Sie könnten seine Arbeit nicht verstehen, könnten überhaupt nicht verstehen, wie wichtig ihm das alles sei, und vor allem könnten sie nicht verstehen, dass die Maschine seinen Lebensinhalt darstelle. Am wenigsten aber wären sie in der Lage, auch nur ansatzweise den Drang nachzuvollziehen, der ihn zwinge, unaufhörlich an seine Wundermaschine zu denken und sich um sie zu kümmern. Als sitze einer tief in ihm drin und treibe ihn dauernd an. Irgendein anderer, der ununterbrochen schreie: „Auf auf, mach weiter, mach weiter, mach immer fort!“

Gsellmann klang verzweifelt und der Schrotthändler versuchte ihn zu beruhigen, indem er ihn zur Nachsicht ermunterte.

„Du musst Geduld haben mit den Menschen."

„Ich habe genug Geduld mit den Menschen, aber sie haben keine Geduld mit mir."

Gsellmann schluckte, schluchzte, schüttelte den Kopf und sagte: „Nein, die haben sie nicht." Er erhob sich und sah den Händler an. „Aber sie werden mich nicht aufhalten, ich mache weiter, bis zum Schluss, bis die Maschine fertig ist!"

Trotz und Zorn lösten zwar langsam seine Trauer und seine Niedergeschlagenheit ab, aber er war nach wie vor aufgebracht und klopfte mit der rechten Faust in seine linke Handfläche, um seinen Worten Nachdruck zu verleihen. Dann verabschiedete er sich und bat den Händler darum, Stillschweigen zu wahren über das, worüber er gerade geklagt und gejammert hatte, schließlich gehe das alles niemanden etwas an. Gsellmann wandte sich ab, und wollte den Hof verlassen, als er zurückgehalten wurde.

„Halt! Fast hätte ich es vergessen, ich habe noch etwas für dich."

Er drehte sich um, während der Schrotthändler in der Waschküche des Schuppens verschwand. Kurz darauf erschien er wieder und hielt ein hölzernes Instrumentarium in der Hand. Er reichte es Gsellmann, der skeptisch darauf blickte, völlig ahnungslos, was das sein könnte. Dann ergriff er den Gegenstand und sah ihn sich ganz genau an. Das Ding hatte die Größe einer Zigarrenschachtel und Ähnlichkeit mit einem Armaturenbrett. Je länger Gsellmann es untersuchte, desto mehr war er davon fasziniert und seine Miene auf hellte sich sichtlich auf.

„Die Knöpfe und die Zahlen“, flüsterte er, „das ist ja fantastisch, das ist garantiert ein alter Computer.“ Hingerissen spielte er mit dem Brett und betätigte dabei die Drehknöpfe, die wiederum Nummern bewegten.

„Ich habe es extra für dich aufgehoben, es stammt aus einem alten Hotel“, sagte der Schrotthändler. Er wollte anfügen, dass es sich um eine altmodische Zählmaschine handele, deren Ziffern eigenhändig bedient werden könnten. Die Hotelrezeption, aus der das Gerät stammte, benutzte einst diesen mittlerweile funktionsuntüchtigen Apparat um anzuzeigen, welche Räume gerade belegt oder reserviert waren und welche noch zur Verfügung standen. Aber Gsellmann ließ ihn nicht ausreden, sondern beharrte steif und fest auf seiner Meinung, es handele sich um ein außergewöhnliches und rares Erzeugnis, das er unbedingt benötige.

„Das ist ein Fehlerrechner, also ein Computer, der anzeigt, was nicht in Ordnung ist. Das sehe ich auf den ersten Blick“, erklärte er triumphierend.

Der Händler schwieg, um ihn nicht zu desillusionieren, und freute sich, ihm eine Freude gemacht und damit die tristen Gedanken verscheucht zu haben. Gsellmann verstaute den Apparat und wandte sich zum Gehen um.

„Wenn du willst, fahre ich dich nach Hause“, bot ihm der Händler an.

„Nein“, sagte Gsellmann und machte sich alleine auf seinen Weg.

Daheim packte er das Staubsaugergebläse aus und verstaute es neben der Maschine, um in den nächsten Tagen mit seinem Einbau zu beginnen. Er war sich von vornherein darüber klar, wohin es gehörte. Auch wenn er bezüglich seiner Konstruktion nie Skizzen anfertigte oder sich Notizen machte – zumindest wurde er nie dabei gesehen – so existierte in seinem Kopf immer ein exakter Plan, den es einzuhalten galt. In seiner Vorstellung wusste er stets, wo er bestimmte Bauelemente anbringen musste, um diesen oder jenen Abschnitt weiter zu gestalten oder zu beenden. Seine Imagination diente ihm als Notizblock und Kritzelzettel, und ihrer bediente er sich, wenn es beispielsweise darum ging, dem Schmied oder dem Dreher und Fräser darzulegen, wie die jeweiligen Teile angefertigt werden mussten, damit sie passten. Verkroch er sich in den Schrottbergen der Alteisenhändler, verhielt es sich nicht anders, ihm war jedes Mal bewusst, was er wofür wollte und verwenden konnte. Allerdings blieb er dabei flexibel genug, um unerwartet gefundene Gegenstände einfügen zu können.

Genau das war mit dem von ihm so bezeichneten Computer der Fall. Fein säuberlich ölte er die Häkchen und Rädchen der Drehknöpfe, wischte sorgfältig die kleinen Schmutzflecken weg und suchte dafür nicht lange nach einem geeigneten Platz in der Maschine. Keine Stunde später hatte er ihn eingegliedert und versprach sich von ihm große Hilfe, wenn es darum ging, Fehlerquellen zu entdecken und zu beheben.

Erst vor kurzem hatte ihn unmittelbar über dem Auge ein Maschinenbestandteil verletzt, der aus seiner Verankerung geschnalzt war. Gsellmann hatte heftig geblutet und die Wunde mit einem schmutzigen Lappen bedeckt, so dass sie zu eitern begann und bald einem bedrohlichen Abszess glich. Die Verletzung verlief glücklicherweise glimpflich, denn die Wunde entzündete sich nicht stärker und löste keine Blutvergiftung aus.

Mit dem Fehlerrechner, so glaubte er, könne ihm dies

nicht mehr widerfahren. Für ihn lag es auf der Hand, dass ihm Missgeschicke und falsche Kalkulationen unterliefen, schließlich hatte er nichts gelernt. Nun ging er davon aus, dass der Computer schadhaft angebrachte Bestandteile anzeigen und ihn damit sofort auf Defekte hinweisen würde, die dann behoben werden konnten. Seiner Ansicht nach bezeichneten die einzelnen Ziffern auf dem Gerät ganz bestimmte Teile der Maschine und die aktuelle Nummernangabe, die sich ständig verschob, signalisierte ihm, in welchem Bereich anscheinend etwas nicht stimmte. Gsellmann begab sich dann auf die Suche nach dem angezeigten Fehler, ganz gleich ob dieser existierte oder nicht, und suchte solange, bis irgendwo eine Unstimmigkeit zu finden war – und er fand immer eine.

Trotz seiner Bescheidenheit und Zurückhaltung nahmen die Berichterstattungen über ihn kein Ende. Zwar trafen nicht täglich Reporter bei ihm ein, aber das Medieninteresse an seinem Maschinenwerk vergrößerte sich stetig. Manche kündigten ihr Kommen telefonisch im Gemeindehaus bei der Sekretärin an, die dann den Amtsdiener zu ihm schickte, der ihm das Anliegen oder die Ankunftszeit der Medienvertreter ausrichtete. Oder sie ließen Gsellmann an den Apparat holen, um mit ihm persönlich zu sprechen und detaillierte Auskünfte zu bekommen. In diesem Fall riefen sie auch im Gemeindeamt an; die Sekretärin sandte den Diener, um Gsellmann Bescheid zu geben, der etwa anderthalb Stunden später erschien und den Anruf entgegennahm. Meistens ging es darum, einen Termin auszumachen, zu dem dann jemand erschien, die Maschine und ihn fotografierte, den Fragebogen entgegennahm, die Antworten notierte und wieder verschwand.

Ein bestimmter Fotograf, der für internationale Zeitschriften Aufträge erledigte, kam immer wieder aus der Hauptstadt zu ihm und lichtete ihn in allen möglichen Posen ab. Kein anderer schaute so oft bei ihm vorbei, kein anderer schoss so viele Bilder von der Weltmaschine, von Gsellmann und seinen Wegen. Der Fotograf besuchte ihn regelmäßig und begleitete ihn sogar über mehrere Tage hinweg auf der Suche nach Teilen. Blieb er einmal zu lange fern, schrieb ihm Gsellmann mit einfachen Worten einen Brief, um seine Hoffnung auszudrücken, ihn so bald wie möglich wiederzusehen. Ihm hatte er nicht nur einen Teil seiner internationale Popularität zu verdanken, sondern auch den Umstand, dass andere Fotografen und Medienmenschen ihm ab und zu ein kleines Honorar überreichten. Der Fotograf hatte den Journalisten nahegelegt, Gsellmann etwas von ihren Spesen abzugeben, damit er und seine Familie nicht so sehr darben müssten. Allerdings bekam die Familie diese Auswirkungen nicht zu spüren, obwohl sie zumindest ahnte, dass er manchmal ein paar Banknoten erhielt. Abgesehen davon, dass es sich keinesfalls um große Summen handelte, investierte Gsellmann das Geld selbstverständlich sofort in die Maschine, wenngleich nicht alles. Einen Teil davon legte er heimlich auf Sparbüchern an und deponierte sie auf dem Dachboden, gut versteckt zwischen Gegenständen, die dort ihres Einbaus harrten.

Eines Tages brachte besagter Fotograf für Gsellmanns Enkel ein Spielzeug mit, einen kleinen, drehbaren Hubschrauberpropeller aus Plastik, über den sich der Junge ungemein freute. Das Ding war leicht zu bedienen, es musste nur kurz und fest an seinem Gummizug gezogen werden, dann löste sich das Flügelrad aus seiner Halterung und flatterte ein paar Meter weit durch die Luft. Als Gsellmann mitbekam, wie der Fotograf dem Jungen den Plastikpropeller schenkte und dieser jauchzend damit spielte, so dass ständig das Rädlein mit den Flügeln durch die Luft flog, ärgerte er sich sehr. Das Gerät wäre optimal gewesen für seine Maschine, er hätte auf der Stelle einen geeigneten Platz dafür gewusst, aber so diente es nur dem Buben zum Spielen. An diesem Tag verschloss er sich dem Fotografen und seinen Aufnahmen, denn wenn der so nützliche Gegenstände an andere verschwendete, verschwendete er sich nicht an ihn. Der Fotograf bemerkte, dass etwas nicht stimmte, dass Gsellmann mürrisch auf alle seine fotografischen Inszenierungsversuche reagierte und sich nur widerwillig ablichten ließ. Es dauerte eine Weile, bis ihm der Grund dafür klar wurde, und nachdem er versprochen hatte, Gsellmann beim nächsten Mal denselben Hubschrauberplastikpropeller mitzubringen, war es möglich, ein paar passable Aufnahmen zu machen. Richtig versöhnt zeigte er sich aber erst wieder, als der Fotograf beim nächsten Termin akkurat das selbe Stück für ihn mitbrachte. Von ihm erfuhr Gsellmann am meisten Zuspruch und Anerkennung, abgesehen von den Medienberichten und Künstlern, die ihn besuchten und die Weltmaschine in den höchsten Tönen priesen.

Einmal kam sogar eine ganze Autorenversammlung, ein Bus voller Schriftsteller, die irgendwie mit Graz zu tun hatten und einen Ausflug nach Kaag unternahmen. Sie sparten nicht mit gehobenen Worten über seine Kunstmaschine und zollten ihm feine Ausdrücke und lobende Sätze. Mit kräftigem Schulterklopfen unterstützten sie sein Projekt und spendeten ihm etwas Trinkgeld, nachdem er ihnen, wie üblich, zum Abschied einen Schnaps offeriert hatte. Obgleich einer, der ständig mit dem Fotoapparat knipste, ihm versprach, einen langen Beitrag zu verfassen, eine Eloge, wie er es wörtlich nannte, hörte oder las Gsellmann nichts mehr von ihm. Dennoch beglückte allein schon die Absicht den Konstrukteur und gab ihm neuen Ansporn, mit seiner Maschinenkunst weiterzumachen.

Den meisten Auftrieb, die größte Bestätigung jedoch gaben ihm die Künstler, die ebenfalls mit und an Maschinen arbeiteten und ihn aufsuchten, um sein Werk zu sehen und sich mit ihm darüber zu unterhalten. Sie schienen die einzigen zu sein, die seine Arbeit verstanden, ohne nach einem Sinn darin zu suchen. Er kannte keinen von ihnen persönlich, zumindest nicht vor ihrem Auftauchen, und hörte oder sah sie auch anschließend nie wieder. Einige unter ihnen waren angeblich international renommiert und hatten in vielen Ausstellungen Beachtung erlangt. 2 davon stammten aus der Schweiz und besuchten ihn unabhängig voneinander, zu verschiedenen Zeiten, zwischen denen Jahre verstrichen.

Einer der beiden, dessen Kunstmaschinen in zahlreichen Ländern auf öffentlichen Plätzen zu sehen waren und dessen Maschinenkunst in Katalogen, Enzyklopädien und Lexika Eingang fand, stand eines Tages unangemeldet vor der Tür und wollte – um alles in der Welt, wie er sagte – diese Maschine betrachten. Auch seine Maschinen bewegten sich, gaben die unterschiedlichsten Geräusche von sich, oder verhielten sich starr und stumm. Trotzdem stellte er Gsellmanns Weltmaschine in ihrer Funktionstüchtigkeit und Fertigkeit über seine Apparate, allein schon ihrer Farbigkeit wegen.

„So eine Maschine könnte ich niemals bauen, eine, die so schön bunt ist und leuchtet. Deine Maschine gefällt mir viel besser als meine, denn meine haben immer verrostete Teile."

Nicht nur weil er ihn nicht kannte und nicht wusste, dass er einem berühmten Künstler gegenüberstand, hatte Gsellmann die Maschine in seinem Beisein nur kurz eingeschaltet. Er vollzog ihre Inbetriebnahme so ritualisiert wie immer und hielt sich strikt an die vorgegebene Laufdauer. Diese beschränkte sich prinzipiell und ausnahmslos auf ein paar Minuten, ganz gleich, wem sie vorgeführt wurde.

Der Künstler inspizierte detailliert das ganze Gebilde, sparte nicht mit Bemerkungen, ließ sich alle Zusammenhänge erklären und erlabte sich an den Klängen, die die laufende Weltmaschine von sich gab.

„Seht, seht, wie die Maschine sich dreht", sagte er lächelnd, nickte anerkennend, und sprach leise weiter: „Deine Maschine ist ein Unikum, also ein Universum."

Ansonsten äußerte er seine Begeisterung in stummer Bewunderung, umrundete einige Male die Weltmaschine, zeigte sich von einigen Einbauten völlig fasziniert und pries zum Abschluss in den höchsten Tönen ihren Meister. Der schenkte, wie zum Abschied üblich, ein Glas Schnaps ein und lauschte dabei den Worten des Künstlers:

„Was du da gemacht hast, hast du prachtvoll vollbracht. Du bist ein Genie, wahrscheinlich das einzige von uns allen. Du tust unbewusst genau das, was wir bewusst machen. Das ist Kunst in ihrer reinsten Art."

Er strich sich über seinen Schnauzbart, führte sein Glas an die Lippen und leerte es in einem Zug. Gsellmann lachte, reichte ihm zum Abschied die Hand, bevor der Künstler bald darauf hinter dem Hügel am Horizont verschwand.

Den zweiten Schweizer Künstler, der sich ebenfalls mit seinen Maschinen in der Kunstwelt einen internationalen Ruf erworben hatte, schickte ihm das Fernsehen. Gsellmann erklärte ihm im Beisein von Kamera und Mikrofon ein paar Details, und beide unterhielten sich angeregt über die Maschine. Während der Künstler versuchte, seinen Dialekt im Zaum zu halten und hochdeutsch zu sprechen, redete Gsellmann wie gewohnt in seiner steirischen Mundart. Das führte zwischendurch zu kleinen Missverständnissen, die beflissentlich übergangen wurden. Auch dieser Künstler zeigte sich von der wunderlichen Kreation restlos begeistert und vermittelte Gsellmann vor laufender Kamera die Anerkennung, die ihm gebührte. Gsellmann schien darauf nicht besonders zu achten, sondern erklärte geschäftig dies und das, wies auf einen Motor hin, aus dem nur Heißluft kam, setzte das Metronom und den Gong in Bewegung, verweilte bei der Spieluhr und dem Glockenrad und erwähnte beiläufig den Tiroler Regierungsrat als Namensgeber der Weltmaschine. Dabei zeigte er auf das Schild mit dieser Bezeichnung und betonte erneut, diesen Ausdruck nicht benutzen zu dürfen, das stehe ihm nicht zu, „denn das ist ein großes Wort und ich bin nicht gelehrt."

Der Künstler verglich das Ganze zuerst mit einer Dampfmaschine, um dann einzuwerfen, dass der eigentliche Kern dieser Maschine Ähnlichkeiten mit einer Weltkugel habe. Allerdings benötige es hier sehr viel Zeit, um alles genau zu erkennen. Gsellmann bestätigte ihn und meinte, dass es wichtig sei, die einzelnen Teile exakt zu betrachten, da mit einem flüchtigen Blick auf gar keinen Fall alles gesehen werden könne.

„Da ist soviel zu schauen, das kann man in einem ganzen Jahr nicht alles schauen", pflichtete ihm der Künstler bei und interessierte sich für den Weiterbau.

„Ich möchte ja weiterbauen", sagte Gsellmann, „muss aber zuerst sehen, woher ich die Teile bekommen könnte."

„Und woher?"

„Aus der Zeitung! Aber da muss ich erst warten. Wo und wie weiß ich noch nicht." Er redete nicht weiter, und der andere wiederholte, fast ungläubig und fragend: „Aha, aus der Zeitung?"

Dazu sagte Gsellmann dann nichts mehr, sondern wies wieder auf weitere Einzelteile hin. Als der Künstler die Sauberkeit bewunderte, den tadellosen Zustand, in dem sich die Maschine präsentierte, strahlte Gsellmann. Er erzählte ausführlich von der Notwendigkeit des Putzens, einmal wöchentlich einen ganzen Tag lang, damit das Öl ungehindert überall durchfließen könne. Das alles schilderte er in einer selbstverständlichen Art, als sei es das natürlichste auf der Welt, und zeigte auf den persischen Pokal, der von da stamme, woher auch die Teppiche kämen. Während sich der Pokal um seine eigene Achse drehte, brachte er gleichzeitig 2 Glocken zum Klingen. Er war flankiert von einer goldglänzenden Krone und einem kleinen Atomiummodell aus Metall. Neben dem großen Atomiummodell, dem Herz der Maschine sozusagen, beherbergte sie noch 2 weitere kleinere aus Messing und das aus Holz, das er, quasi zu Trainingszwecken, ganz am Anfang gebaut hatte.

Nicht explizit wies Gsellmann diesmal auf die Blaulichter hin, die unruhig flackerten und den Lärm der Lichtmaschine eines alten Armeepanzers optisch begleiteten. Zusätzlich erzeugte die darauf montierte Schiffsschraube einen ohrenbetäubenden Lärm, zu dem sich schließlich ein Pfeifen gesellte, das durch die Reibung der Luft entstand, wie die beiden Männer feststellten. Was die Geräusche betraf, so fanden Gsellmann und der Künstler einzig dieses Pfeifen erwähnenswert, alle anderen Töne schienen ihnen so alltäglich zu sein, dass es unnötig war, darauf hinzuweisen.

Insgesamt hatten sie fast 2 Stunden miteinander verbracht, von denen allerdings nur ein paar Minuten ausgestrahlt wurden. Gegen Ende der Sendung bezeichnete der Moderator die beiden Maschinenkünstler als „Mechaniker der Nutzlosigkeit". Anschließend forderte er die Zuschauer auf, ihrerseits Vorschläge für einen Wettbewerb einzusenden und Beschreibungen und Skizzen für funktionslose Maschinen oder Apparate zu liefern. Dabei lächelte er zurückhaltend, als fiele es ihm schwer, den Begriff Sinnlosigkeit zu vermeiden.

Seit der Ausstrahlung des Beitrags über Gsellmann und den Maschinenkünstler war kein Jahr vergangen, als sich wieder ein Fernsehsender ankündigte, diesmal aus Deutschland. Die Zeremonie wiederholte sich, Ankunft des Amtsdieners, Fahrt zum Gemeindeamt, Entgegennahme des Anrufs, Terminvereinbarung, Ankunft des Kamerateams und des Reporters, kurze Besprechung, Anwerfen der Maschine inklusive des Rituals ihrer Inbetriebnahme, Abschalten der Maschine, anschließende Erklärungen, Erläuterungen und Auskünfte. Allerdings ignorierten die Leute vom Fernsehen diesmal seinen Fragebogen, und richteten ihr Interesse viel mehr auf die persönlichen Zusammenhänge zwischen ihm und der Maschine. Die Geschichten und Funktionen der einzelnen Bestandteile spielten dabei keine Rolle, es ging ihnen um den Schöpfer, seine Absicht und den Bezug zu seinem Werk. Dazu wollten sie alles genau wissen, von Anfang an.

Wann und wie das denn gewesen sei in Brüssel, Hin- und Rückfahrt, Erlebnisse und Eindrücke. Gsellmann antwortete ausführlich darauf, nannte Datum und Dauer und erwähnte sogar die Rolltreppen, auf denen er im Atomium von Kugel zu Kugel gefahren war.

Zur Beantwortung der Frage, woher die vielen Dinge für den Bau der Maschine stammten, genügte ihm der Satz: „Die habe ich von Graz, Wien, Weiz, Schweiz, Deutschland, Amerika, Japan, und der letzte Teil ist aus Persien." Besorgt habe er sich die Sachen auf dem Fetzenmarkt und zum Teil auf der Messe, aber da habe er sie nur auf Bestellung bekommen, „denn in der Landwirtschaft gibt es so etwas nicht." In diesem Zusammenhang betonte er, immer nur nach ganz bestimmten Gegenständen gesucht zu haben, um nichts Unpassendes zu erhalten. „Ich kann ja keinen Teil einbauen, der nicht passt. Dann ist die ganze Maschine verhaut. Der Teil muss die Anziehungskraft haben. Die Maschine produziert ja nichts. Es ist und bleibt ein Augenfutter."

Als der Reporter sich nach den Berufen erkundigte, die erforderlich seien, um eine solche Maschine zustande zu bringen, wiederholte Gsellmann teilweise die Antwort, die er sich für die erste Frage des Fragebogens zurechtgelegt hatte. Wieder hob er nicht ohne Stolz in aller Deutlichkeit hervor, dass hierzu mehrere Berufe notwendig seien.

„Da sollt' einer ein Tischler, Elektriker, Mechaniker, Techniker, Anstreicher und sogar Landstreicher sein. Ich hab da viel ins Land reinhorchen müssen, damit ich die einzelnen Teile zusammenbringe, die gepasst haben. Wissen Sie, ich habe viel für das Auge und für die Anziehungskraft machen müssen. Hernach habe ich mich kurz entschlossen für fleißige Arbeit und viel Denken, Gott wird mich lenken. Er hat mich auch gelenkt, weil ich nicht gelernt bin. Ins Land hineinhorchen, das ist deswegen, damit ich die einzelnen Teile zusammengebracht habe. Nach Graz fahren, dort hinfahren, da hinfahren und viel horchen. Wenn ich irgendwo hingekommen bin, wo es groß interessant war, da hab ich auch viel stehlen müssen. Aber nur mit den Augen, nicht sonst. So sucht man halt die einzelnen Teile zusammen."

Deshalb müsse er wie ein Landstreicher ständig unterwegs sein. „Der Landstreicher ist ja auch so, einmal dort und einmal da. Und wenn ich auf der Tour bin, bin ich heute in Graz und morgen in Feldbach. Das ist ein Landstreicher bei uns, auf Deutsch gesagt. Landstreicher bin ich geworden, weil ich die ganzen Teile hab suchen müssen. Man muss viel ins Land hineinhorchen, wo ist das Teil, wo sind die Teile."

Nicht so ausführlich beantwortete er danach die Frage nach seiner Tätigkeit als Landwirt, wie lange er gleichzeitig als Bauer und an der Maschine gearbeitet habe. Dabei beschränkte er sich darauf, eine ungefähre Zahl anzugeben, und sagte: „Das waren noch 7 oder 8 Jahre." Mehr fiel ihm dazu anscheinend nicht ein, dafür schilderte er detailliert, wie das denn überhaupt gut gehen konnte und zu vereinbaren gewesen sei, die Landwirtschaft einerseits, andererseits der Bau an der Maschine. Seine Antwort vermittelte den Eindruck, als habe er die ganze Zeit in der Landwirtschaft mitgearbeitet und die Familie versorgt.

„Das ist das Schwerste gewesen. Dort hätte man sollen arbeiten, da hätte es müssen passen. Dadurch ist es in die Länge gegangen, und damit sind zwanzig Jahre hineingegangen. Erstens schon wegen dem Material, und zweitens, weil ich die Zeit nicht gehabt habe wegen der Landwirtschaft. Ich hab müssen schauen, dass der Hof nicht abwärts geht, und so sind die zwanzig Jahre hineingelaufen."

Natürlich spielte die Produktionsfähigkeit eine entscheidende Rolle während des Gesprächs, und eine Frage lautete, ob die Behauptung der Leute, seine Maschine produziere nichts, ein Problem für ihn darstelle?

„So kann man das nicht sagen", entgegnete Gsellmann. „Viele Ingenieure aus der Schweiz, Deutschland, Amerika waren da, und vier aus Australien. Die sagen, wieso bauen Sie eine Maschine, die nichts produziert. Ich sage, ich kann keine Maschine bauen, die etwas produziert, weil ich nicht gelernt bin. Das ist eine Begabung mit der Traummaschine, das hat es mir geträumt. Das ist im siebenundfünfziger Jahr gewesen. Da hab ich die Maschine im Traum fix und fertig gesehen und der Traum hat gedauert zirka dreißig Minuten. Im Großen und Ganzen kann man sagen, das war eine Traummaschine."

Aber dennoch müsse es in seiner Absicht gelegen haben, eine Maschine zu bauen, die etwas produziere, warf der Interviewer ein. Gsellmann leugnete die Tatsache nicht, sondern ging in aller Offenheit darauf ein und sagte, wie es sich damit verhielt.

„Ich habe schon darauf hingearbeitet. Vielleicht. Aber an das brauche ich nicht mehr zu denken. Für das bin ich schon zu alt. Der Zauber ist vorbei, dass ich die Maschine noch zu einem guten Zweck bringe. Das ist unmöglich. Ich bin im siebzigsten Jahr. Da ist der Mensch ausgeschliffen von der Arbeit."

Natürlich sei es klar, dass es ihn nicht nur irritiere, sondern sozusagen seelisch schmerze, wenn sich Menschen, denen er die Maschine zeige, darüber mokierten.

„Das ist einmal logisch. Ich bin da ja ganz hineingewachsen in die Maschine, schon von Jugend an. Die Maschine passt nicht hierher, so reden die Leute. Es waren Besucher hier, die haben die Maschine angeschaut, nur auf einen kleinen Blick, sind weggegangen und haben mit den anderen Leuten gesprochen, dass das der reinste Blödsinn ist, den es gibt. Wenn sie so reden, dass es lauter Blödsinn ist, tut es einem im Geheimen schon weh, aber da tut man ja nichts dergleichen. Man fühlt sich gerade so, als ob man das nicht gehört hätte. Da muss ich die Ruhe haben. Dass es einem Menschen im Geheimen wehtut, das ist klar. Aber weit und breit im ganzen Bezirk Feldbach weiß ich niemand, der so etwas macht. Infolgedessen wird da etwas Druck ausgeübt. Das ist beim einen Ohr rein gegangen, und beim anderen wieder raus. Ich hab es halt nicht gehört, obwohl ich es trotzdem gehört habe. Ich kann da ja keine Widerrede machen. Da geht man mit einer Ruhe weiter, als wenn nichts wäre. Man geht den geraden Weg, wie eine Welle über Stock und Stein."

Gegen Ende des Gespräches schnitten sie schließlich noch ein Thema an, das den ganzen Bau der Maschine von Anfang an bestimmte und bisher nur am Rande geblieben war. Das betraf seinen inneren Zwang zu bauen, den er früher einmal ganz beiläufig erwähnt hatte. Nun erläuterte er die Obsession schier schon philosophisch.

„Wenn der Mensch begabt ist, das ist ein innerer Trieb, und der wächst von Jahr zu Jahr, wenn der Mensch Freude hat zu arbeiten. Das ist gerade so, wie im Frühjahr ein Rosenstock kleine Knospen bekommt. Im Mai, Juni sind die großen Rosen da, und so treibt es mich Jahr um Jahr. Hat der Mensch diesen Trieb und die Begabung nicht, wird es sowieso nichts. Den Trieb habe ich, und so arbeite ich weiter. Alles Übrige bleibt geheim."

Angesichts der Resonanz, auf die die Maschine weiterhin stieß – das Interesse bei den Medien stieg ständig, es kam sogar eine Journalistin aus Brasilien, „eine ganz Schwarze", wie Gsellmann stolz bemerkte –, vermehrten sich auch die Gerüchte über ihren finanziellen Wert. Es wurden die unterschiedlichsten Summen kolportiert, und angeblich gab es von einem Museum das Angebot, die Weltmaschine für viel Geld zu erwerben und ihren Standort zu verlagern. Das kam für Gsellmann natürlich einer unvorstellbaren Unmöglichkeit gleich. Die Maschine konnte nur in ihrer Kammer stehen, da gehörte sie hin, da musste sie auch bleiben. Außerdem könnte sie anderswo nicht funktionieren – und ohne ihn schon gar nicht.

Eines Tages erschien der Pfarrer auf dem kleinen Hof. Er hatte sich die Mühe des weiten Weges gemacht, um ein ernstes Wort mit dem Maschinenbauer zu sprechen, denn sein Anliegen hatte einen triftigen Grund. Das Dach der Kirche war leck und eine grundlegende Renovierung dringend nötig. Dem Pfarrer mangelte es an der nötigen Summe für die notwendigen Arbeiten und Materialien, aber er hatte eine Idee, um sie aufzutreiben, und konfrontierte damit Gsellmann im Weltmaschinenraum. Der werkte gerade an seiner Konstruktion und bat den Pfarrer, doch so lange zu warten, bis er mit dem Anziehen der Schrauben fertig sei. Er tat, wie ihm geheißen, und musterte die kosmische Maschine. Das Monstrum füllte mittlerweile fast vollständig den Raum aus, so dass darin kaum noch Platz für mehrere Menschen blieb. Würde sie so weiter wuchern, wäre auch diese Kammer bald zu klein, und Gsellmann stünde vor dem Problem: entweder erneut anbauen oder verkaufen. Genau darauf bezog sich das Anliegen des Pfarrers.

„Du bist ein guter Christ, Gsellmann, und ich muss dich etwas fragen."

Der Pfarrer wusste nicht so recht, wie er sein Anliegen vorbringen sollte, aber er war sich darüber im Klaren, einen wunden Punkt zu treffen. Doch das gehörte zu seinen Pflichten, und die Erfahrung hatte ihn gelehrt, nicht viel Aufhebens zu machen, sondern auf seine Art den Menschen direkt mitzuteilen, worum es ihm ging.

„Du hast aus lauter unnützem Krempel ein wundersames Werk geschaffen, und ich bewundere dich dafür. Alle kommen, um dein mysteriöses Gebilde zu betrachten und es wäre zweifelsfrei am besten, es käme in ein Museum, wo die Leute es leicht erreichen könnten. Mir ist zu Ohren gekommen, die Maschine verfüge über einen ungeheuren Wert."

Der Pfarrer räusperte sich, rieb sich die gefalteten Hände vor dem Bauch und schritt unschlüssig vor der Maschine auf und ab, während Gsellmann lächelte.

„Weißt du, Gsellmann, das Dach der Kirche ist undicht und gehört gänzlich repariert. Wir haben kein Geld und sammeln dafür, damit die Leute nicht in Zukunft mit aufgespannten Schirmen im Gottesdienst sitzen müssen, um zu beten. Du weißt, was ich meine?"

Gsellmann nickte und meinte, leider kein Geld zu haben, um ihm etwas zu spenden. Er fühle sich zwar geehrt von dem geistlichen Besuch und dem Ansinnen, sei aber ein armer Mann, der gerade genug Rente habe, um überhaupt existieren zu können.

„Ich weiß, Gsellmann, ich weiß", erwiderte der Pfarrer, „aber du hast die Möglichkeit, auf einen Schlag ganz viel Geld zu bekommen, sogar mehr, als die Renovierung des Kirchendaches kosten würde."

Gsellmann starrte ihn ungläubig an, als könnte er nicht wahrhaben, worauf der Pfarrer hinauswollte. Der druckste noch ein wenig herum, bevor er ihm gestand, weshalb ihn sein Weg hierher geführt hätte.

„Du musst die Maschine verkaufen und den Erlös der Kirche stiften. Du bist ein frommer Mensch, Gsellmann, einer, der unaufhörlich seinen Herrgott lobt, dem er diese Gabe verdankt. Nun kannst du ihm zurückgeben, was er dir gegeben hat."

Gsellmann war baff. Sein Mund stand offen, und er brachte kein Wort hervor. Der Pfarrer ließ sich dadurch nicht beirren und fuhr mit seinem Ansinnen fort.

„Ach, Gsellmann, du bist ein alter Mann und wirst hier nicht ewig weiterbauen können. Bring deine geheimnisvolle Schöpfung bald zu Ende, damit du sie getrost verkaufen kannst und alle etwas davon haben."

Gsellmann, nach wie vor bass erstaunt, sah ihn entsetzt an und rang mit den Händen.

„Das ist unmöglich, Herr Pfarrer, das ist unmöglich. Ihr stellt mich da auf eine Probe, die ich nicht bestehen kann. Ihr fordert von mir etwas, das ich nicht erfüllen kann. Der Herrgott wird mich verstehen. Es geht nicht, ich kann die Maschine nicht verkaufen, denn dann würde ich mich verkaufen. Die Maschine ist mein Ein und Alles. Wenn ich sie hergebe, gebe ich mich her. Jeder Teil von ihr ist ein Teil von mir. Sie ist meine Seele."

Er schüttelte den Kopf und wiederholte, dass ihm das völlig unmöglich sei. Er sei ein gottesfürchtiger Mann und bleibe das auch bis an sein Lebensende, aber was der Pfarrer von ihm verlange, sei für ihn unerfüllbar.

Der Pfarrer spürte, dass der Granit, auf den er gebissen

hatte, härter war als alle anderen. Er erkannte, dass da mehr als bloß Gsellmanns Sturheit dahinter steckte und mit ein paar läppischen Schmeicheleien und harmlosen Überzeugungsversuchen nichts erreicht werden könnte. Da der Geistliche keine andere Möglichkeit mehr sah, ihn umzustimmen, reagierte er entsprechend und brachte auf schon fast bedrohliche Weise das Jüngste Gericht ins Spiel.

„Dieses Licht hier ist finst'rer wie die Finsternis. Dieses Hirngespinst verblendet deinen Blick. Sei froh, dass dich das gelegentliche Glitzern hinter deinen wolkenverhangenen Träumen noch in die Kirche ziehen und Gott preisen lässt. Eines Tages wird er dir zeigen, dass du genauso vergänglich bist wie deine infernalische Traummaschine. Dann erkennst auch du, dass dein Werk nicht mehr wert ist als ein Stolperstein auf dem Weg in die Ewigkeit. Aber der Herrgott verzeiht dir, spätestens wenn du vor ihm kniest und reuig um Vergebung deiner Sünden bittest. Denn ehe sich die alte Haut abstreift, hat sich darunter eine neue gebildet. Grüß Gott, Gsellmann."

Als sich der Geistliche der Tür zuwandte, hielt Gsellmann ihn nicht zurück.

Es war ein Ding der Unmöglichkeit, was der Pfarrer von ihm verlangte, und er wollte nichts mehr davon hören. Folglich erwiderte er nur knapp dessen Abschiedsgruß und schloss die Tür hinter ihm ab. Noch nicht einmal einen Schnaps hatte er zum Schluss dem Geistlichen angeboten. Stattdessen genehmigte er sich selbst einen kleinen Schluck und zog sich zum Gebet in die Maschine zurück.

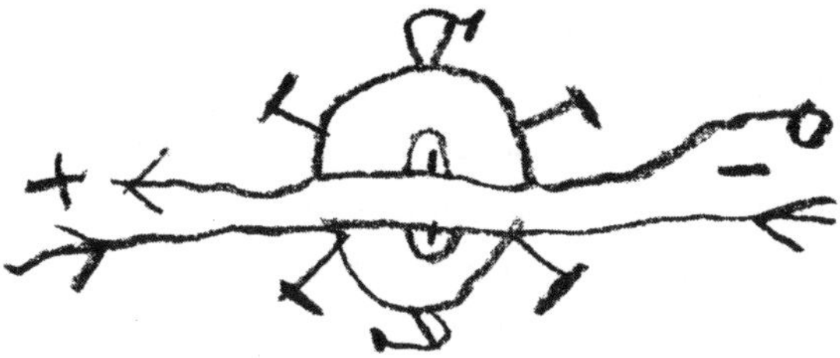

Als Gsellmann im April 1980 von seiner Suche nach Teilen nach Hause kam, hatte er schon von Weitem den Eindruck, dass etwas nicht in Ordnung sei. Dieser Eindruck wurde beim Betreten des Hauses zur Gewissheit, denn er hörte in der Küche seine Frau und die Schwiegertochter laut weinen. Er trat hinzu, um den Grund zu erfahren, und erschrak. Sein Sohn, der nebenher immer wieder mit Maurerarbeiten etwas dazuverdiente, war tödlich verunglückt. Beim Verputzen der Mauer eines Hotels in Bad Gleichenberg hatte er eine Kreislaufschwäche erlitten, der gleichzeitige Schwindelanfall verursachte seinen Sturz vom Baugerüst und die Verletzungen waren so schwer, dass sie ihn sein Leben kosteten. Er hatte bisher gemeinsam mit seiner Frau und seiner Mutter die Landwirtschaft versorgt und sich auch anderweitig um wichtige Einkünfte gekümmert. Der Verlust seines Sohnes hinterließ eine beträchtliche Lücke, nicht nur was die Arbeitskraft betraf, und veränderte schlagartig die Situation in der Familie.

Die Begräbnisfeierlichkeit beschränkte sich auf einen engen Rahmen. Wie sein Vater war auch der Sohn nirgendwo Mitglied gewesen, weder bei der Feuerwehr noch im Musikverein, Männergesangverein oder Kameradschaftsbund. Er hatte zurückgezogen gelebt, viel gearbeitet, wenig Interesse an Geselligkeit gezeigt und als Einziger in der Familie seinen Vater gewähren lassen, was dessen Maschine und Untätigkeit in der Landwirtschaft betraf. So betrachtet hatte er für den Alten sogar einen Ruhepol verkörpert, der ihm nun für immer abhanden gekommen war.

Gsellmann zeigte sich vom plötzlichen Tod seines Sohnes genauso mitgenommen wie die anderen Familienmitglieder. Aber es kam einem Trugschluss gleich, wenn sie glaubten, er werde sich nun wieder in der Landwirtschaft engagieren. Zwar hätte Gsellmann die fehlende Kraft nicht mehr ersetzen, nicht mehr so tatkräftig mit anpacken können, wie sein Sohn es getan hatte, denn dazu war sein Körper schon zu schwach geworden. Aber er hätte zumindest aushelfen, sich beteiligen und die anderen unterstützen können, soweit es ihm möglich war. Aber ganz gleich, wie sehr sie in ihn drangen, Gsellmann blieb dabei, nur für die Maschine zu arbeiten und ansonsten für nichts mehr. Das trug ihm von Seiten der Schwiegertochter und seiner Frau die schlimmsten Beschimpfungen und Vorwürfe ein, als sei er verantwortlich für das Unglück und versuche nun noch nicht einmal, die Folgen halbwegs auszugleichen.

Etwa 2 Monate nach der Beerdigung sorgte ein weiteres Ereignis für ein wenig Ablenkung von dem Schock und der Trauer, die der Tod des Sohnes hinterlassen hatte. Erneut kreuzte ein Filmteam auf, diesmal aber nicht, um für das Fernsehen eine Dokumentation zu drehen, sondern einen Spielfilm, in dem der Weltmaschine eine nicht unbedeutende Rolle zukam. Deshalb tummelten sich zahlreiche Menschen auf Gsellmanns Anwesen, darunter der Regisseur, Schauspielerinnen und Schauspieler, Techniker und

Requisiteure, die den Hof mit regem Treiben ausfüllten. Lastwagen voller Gerätschaften belagerten die Umgebung und eine stete Unruhe begleitete die Dreharbeiten. Diese dauerten vor Ort eine Woche, und das Buch dafür hatte eine Schriftstellerin verfasst, deren Kinderbücher nicht nur im Inland Berühmtheit erlangt hatten. Der Spielfilm trug den Titel „Die Weltmaschine“, und der Plot bestand darin, dass selbige in das Ausland verkauft werden sollte. Aus Protest dagegen stieg ihr Erfinder in das innere System der Maschine und tauchte nicht mehr auf, während andere darum bemüht waren, den Verkauf zu verhindern. Nach einer abenteuerlichen Handlung gelang dies schließlich der Protagonistin, die am Ende des Films ebenfalls in der Maschine verschwand, als hätte sie sich darin aufgelöst.

Gsellmann ergötzte sich an der Abwechslung, die die Filmleute auf sein Anwesen brachten. Er interessierte sich für die Details der Dreharbeiten, für die vielen technischen Geräte und die Handhabung der Kamera und erklärte etliche Griffe an seinem Riesenapparat. Allerdings gestattete er nicht, dass Fremde Hand an seine Maschine legten oder sie einschalteten. Alles an der Weltmaschine erledigte er, ganz egal, wer da kam. Im Film selbst mimte er einen Einheimischen, der in 2 kurzen Szenen zu sehen ist. Als „Die Weltmaschine“ 9 Monate später im Fernsehprogramm ausgestrahlt wurde, äußerte sich Gsellmann nicht dazu. Allerdings hatte er ein kurzes Interview während der Dreharbeiten gegeben, von denen eine Tageszeitung berichtete. Der Journalist stellte ihm etliche Fragen zu seinem lokalen Status, zur Maschine und ihrer Funktion, und wollte wissen, was andere davon hielten. Der Weltmaschinist gab zur Antwort, dass die Leute nach wie vor meinten, er habe „a Radl z'vül", was ihm aber nichts mehr ausmache. Der Satz mit dem Rad, das er zuviel habe, bildete in der Schreibweise des Dialekts die Überschrift des Artikels, als sei dies seine hauptsächliche Aussage. Sein folgender Satz, in dem er die Maschine mit einem Gemälde verglich, ging dadurch wie ein nebensächlicher Kommentar völlig unter.

„Wenn einer ein Ölbild malt, ist das was fürs Aug', mit der Maschine ist das ebenso."

Inzwischen stelle sie auch für ihn nichts anderes als ein reines Augenfutter dar, eine Maschine, deren einziger Zweck darin bestehe, eine Maschine zu sein. Dabei handele es sich allerdings nicht um ein Zufallsprodukt, denn alles an ihr sei exakt nach Plan entstanden.

„Alles ist genau geplant, gezeichnet. So freihändig geht gar nix, sonst flöge das Werk ja gleich davon." Das war das erste Mal, dass Gsellmann Zeichnungen erwähnte, Planskizzen quasi, nach denen die Maschine gebaut sei, als wolle er den Anschein erwecken, sie wie ein Ingenieur konstruiert zu haben. Als sei es nötig, die Leute hinters Licht zu führen, um seine schöpferische Leistung zu untermauern. Niemals wurde Gsellmann mit Zeichnungen gesehen und immer wieder hatte er betont, nichts zu zeichnen, weil er das nicht gelernt habe und deshalb auch nicht beherrsche. Wenn er etwas gelernt hätte, wenn er, wie er dem Reporter bekannte, „das Elektronische im Kopf hätte, wäre das alles fürs Nützbare geworden". Doch so ließe sich das nicht ändern, er könne auch nicht sagen, ob die Maschine ein Kunstwerk und er ein Künstler sei. Das einzige, was er mit Bestimmtheit über sich sagen könne, sei die Tatsache: „Ich bin ein echter Pfuscher!"

Nach den Dreharbeiten und dem Abbau der Kulissen, kehrte wieder Ruhe ein, die er dringend benötigte, um an seiner Weltmaschine weiterbauen zu können. Trotz anderslautender Aussagen hatte er die Hoffnung nie aufgegeben, sie könnte von sich aus irgendetwas produzieren. Nach wie vor war er jeden Morgen beim Betreten des Raumes darauf gespannt, ob die Weltmaschine eventuell in der Nacht ein Produkt erzeugt habe, das nun vor ihr auf dem Boden liege. Er glaubte an ein Wunder, an eine göttliche Fügung, die alles lenke, die auch in der Maschine sitze und dafür sorge, dass sie laufe und gegebenenfalls etwas produziere. Selbst wenn er nach außen hin andere Antworten tätigte, änderte das nichts an seiner insgeheimen Hoffnung – und schon gar nicht an seinem Glauben. Dieser Glaube blieb ungebrochen, obwohl sich Gsellmann immer schwerer tat mit der Weiterentwicklung und allmählich langsamer und schwächer wurde. Dazu gesellten sich Schmerzen, die ihm fast die letzten Kräfte raubten. Einerseits die Schmerzen über den Verlust des Sohnes und die Tatsache, dafür mitverantwortlich gemacht zu werden, und andererseits die Schmerzen, die in unregelmäßigen Abständen in seinem Unterleib rumorten. Er scheute sich lange, ihretwegen den Arzt aufzusuchen, bis sie unerträglich wurden. Nach intensiven Untersuchungen fackelte der Mediziner nicht lange und überwies ihn umgehend in das Grazer Krankenhaus.

Am Tag vor der Einlieferung zog Gsellmann seinen besten Anzug an, 2 Jacken übereinander, und verließ das Haus am frühen Morgen, um nach Feldbach zu gehen. Er trug seine lederne Tasche, die fast leer zu sein schien; jedenfalls konnten sich darin keine Maschinenteile befinden, denn nichts beulte sie aus, nichts erschwerte ihr Gewicht.

Trotzdem schlug Gsellmann zuerst den Weg zur Stahlbaufirma ein.

Sein Dreher und Fräser begrüßte ihn mit einem leichten Klaps auf die Schulter und erkundigte sich, was denn mit ihm los sei, er habe sich schon so lange nicht mehr blicken lassen und sehe überdies sehr schlecht aus. Gsellmann erzählte ihm von der bevorstehenden Prostataoperation, dass er nur gekommen sei, um sich für alles zu bedanken und sich von ihm zu verabschieden. Diesmal gebe es nichts zu drehen oder zu fräsen, und wahrscheinlich würde er überhaupt keine Teile mehr für die Wundermaschine richten lassen. Der Dreher und Fräser drückte sein Bedauern über den angeschlagenen Gesundheitszustand aus und wollte wissen, ob er sonst etwas für ihn tun könne. Gsellmann verneinte und reichte ihm die Hand. Sie wünschten sich gegenseitig alles Gute, und er verließ das Firmenareal. Sein Rücken war stärker gebückt als üblich, als drückten ihn die Gewichte seines mit Maschinenteilen prall gefüllten Rucksackes. Er hätte sich auch noch gerne zu seinem Schrotthändler in Paldau begeben, um sich in gebührender Weise zu verabschieden, doch die Strecke war ihm zu weit, die Kräfte dafür konnte er nicht mehr aufbringen.

Trotzdem schlug er nicht den direkten Weg nach Hause ein, sondern ging in die entgegengesetzte Richtung bis zu Feldbacher Sparkasse. Hier kramte er in seiner Tasche, legte ein Sparbuch und ein paar Banknoten auf den Schalter und ließ sich die Summe gutschreiben. Dieselbe Handlung vollzog er ein paar Stunden später in Edelsbach auf der Bank. Doch da sie ihn hier kannten, zahlte er weniger Geld als in Feldbach ein, denn von den Dorfbewohnern sollte niemand wissen, wie viel er wirklich besaß. Die Sparbücher versteckte er später wieder zu Hause auf dem Dachboden zwischen den Teilen, die für den Weiterbau der Weltmaschine vorgesehen waren.

Bevor er den Heimweg antrat, schaute er noch beim Schmied vorbei, wo sich die Zeremonie des Abschiednehmens ähnlich verhielt wie vorher beim Fräser und Dreher in der Stahlbaufirma. Nur dass der Schmied noch einen derben Witz riss und ihm mit seiner Pranke so stark auf die Schulter schlug, dass Gsellmann von der Wucht schier umfiel. Aber er blieb standhaft und es war ihm auch noch möglich, kurz auf das Gemeindeamt zu gehen. In letzter Zeit hatten sie hier immer öfter Nachrichten für ihn entgegengenommen und an ihn weitergeleitet, so dass er es als seine Pflicht ansah, sich dafür zu bedanken. Die Gemeindesekretärin reagierte sehr gerührt, als er sich höflich von ihr verabschiedete, und wollte seine Hand gar nicht mehr loslassen.

Zwar hatten sie sich am Sonntag in der Messe bereits gesehen, aber Gsellmann war gleich nach dem Gottesdienst im Gasthaus verschwunden. Er hatte dort ein Glas Weißwein getrunken, eine Beuschelsuppe gegessen, filterlose Zigaretten geraucht und sich kurz mit einigen Einheimischen unterhalten. Wie immer war er nicht lange geblieben, denn Freunde oder Kameraden, von denen er sich gebührlich verabschieden wollte, hatte er keine, und niemand von den Männern am Stammtisch wusste, dass er bald ins Krankenhaus musste.

Die Operation fand wenige Tage danach, Anfang Mai 1981, statt. Er verweilte eine Woche im Spital, kam anschließend völlig geschwächt nach Hause, wog keine 40 Kilogramm mehr und war tagelang bettlägerig. Auch anschließend konnte er sich nur schwerfällig durch das Haus schleppen, vom Schlafzimmer zum Weltmaschinenraum und wieder zurück. Manchmal war das nötig, wenn Leute kamen und die Maschine sehen wollten. Er konnte ihnen den Wunsch nie abschlagen und brachte die Besichtigung schnell hinter sich. Dabei ließ er vom Ritual der Inbetriebnahme nicht ab, gestaltete es aber kürzer als üblich, denn seine Stimme war viel zu schwach für ausführliche Erläuterungen. Eines Tages brach er sogar vor der Maschine zusammen, und seine Frau und die Schwiegertochter mussten ihn ins Bett tragen. Das passierte danach öfter, er fiel einfach um, im Haus oder im Hof, und sah sich außerstande, ohne Hilfe wieder aufzustehen.

Immerhin gelang es ihm, sich bis Mitte Juni soweit zu erholen, dass es möglich war, noch ein paar Kleinigkeiten an der Maschine anzubringen und zu ändern. Dabei reichte ihm sein Enkel Schrauben, Muttern und Unterlagscheiben, damit er nicht ständig die Leiter auf und absteigen musste. Vielleicht wollte Gsellmann, indem er diese Mithilfe gestattete, einfach signalisieren, ihm nicht böse zu sein, denn der Junge hatte sich vor ein paar Tagen heimlich in die Werkstatt geschlichen, mit dem Werkzeug gespielt und dabei einen Bohrer abgebrochen. Trotzdem, oder gerade deshalb, durfte er jetzt helfen, was vorher noch nie der Fall gewesen war. Gsellmann duldete prinzipiell niemanden bei sich, wenn er an der Maschine arbeitete. Gewiss, ab einem bestimmten Zeitpunkt war es selbstverständlich geworden, dass ihn manche, wenn auch nur ganz wenig Auserlesene, beim Zurichten gewisser Teile unterstützten, aber beim konkreten Einbau in die Maschine hatte er sich niemals zusehen oder gar helfen lassen. Jedoch handelte es sich nun nur noch um geringe Ergänzungen, die nicht von entscheidender Bedeutung waren und keine gravierenden Veränderungen hervorriefen.

Eine gravierende Veränderung von entscheidender Bedeutung – die allerletzte und möglicherweise entscheidendste überhaupt – verrichtete er ganz alleine. Vor einiger Zeit hatte ihm eine Schulklasse bei der Besichtigung seiner Maschine ein großes Fragezeichen geschenkt. Dabei handelte es sich um einen ewigwährenden Kalender, der sich automatisch drehte, und auf dem mittels Regler die Tage eingestellt werden konnten. Aber nur die Tage, nicht die Monate und nicht die Jahre. Er hatte einen defekten Motor, konnte aber trotzdem, bei entsprechender Verankerung, angestoßen und zum Drehen gebracht werden. Kurz bevor das deutsche Fernsehen kam, hatte Gsellmann dieses Fragezeichen in aller Eile und fast unsichtbar in der Maschine integriert, damit er es gegen Ende der Aufnahmen anschubsen und zum Schwingen bringen konnte. Aber es verfehlte seiner Ansicht nach die von ihm beabsichtigte Wirkung, fand keine sonderliche Beachtung und ging in der Vielfalt der anderen Bestandteile unter.

Auch später, wenn er vor Zuschauern dem orangefarbenen Fragezeichen einen Stoß versetzte, damit es sich um seine eigene Achse drehte, blieb die erhoffte Begeisterung oder die Anteilnahme der Betrachtenden jedes Mal aus. Er glaubte, das liege an seinem falschen Platz, und trug sich mit dem Gedanken, es irgendwann dort anzubringen, wo es seiner Ansicht nach hin gehörte und sich von anderen Teilen besser abheben könnte.

Als hätte er gespürt, dass es pressiert, machte er sich zur Sommersonnenwende 1981 daran, das Fragezeichen an seiner endgültigen Stelle zu montieren. Er löste es aus der alten Verankerung und trug es zu seiner Werkbank. Hierhin hatte er bereits eine Fotografie gelegt und so zurechtgeschnitten, dass sie genau passte und außer ihm selbst nichts und niemanden zeigte. Er bestrich einen kleinen Bereich über dem Tagesregler des Fragezeichens mit Klebstoff, ebenso die Rückseite des Bildes, und beide presste er so lange aneinander, bis sie festklebten. Dann wartete er, bis das Ganze getrocknet war und trug es zur Weltmaschine zurück. Den geeigneten Platz an der Maschine hatte er bereits vorbereitet und befestigte daran das Fragezeichen. Er verankerte es in der Halterung und gab ihm einen leichten Stoß, um zu prüfen, ob es sich auch drehte. Es funktionierte wie gewünscht und er umrundete mit kleinen Schritten sein riesiges Wunderwerk, dessen Ausmaß fast den ganzen Raum umfasste.

Die Weltmaschine war nun 6 Meter lang, 3 Meter hoch und 2 Meter breit.

Gsellmann betrachtete sie, bewegte bedächtig seinen Kopf, betätigte nochmals alle ihre Knöpfe und Hebel und Schalter, ließ alle ihre Motoren, Rotoren, Generatoren und Trafos laufen, lauschte ihren Tönen, und erfreute sich am Leuchten und Blinken der Lichter. Auch diesmal hielt er sich an ihre vorgeschriebene Laufdauer und schaltete kurz darauf wieder alles aus. Bevor die Weltmaschine mit allen Bestandteilen zum Stillstand kam, schubste er das Fragezeichen an. Es begann sich zu drehen und gab sirrende Geräusche von sich, als sänge es den Refrain: „Was wird werden, was wird werden?“

Gsellmann lächelte, vergewisserte sich, dass er alles in Ordnung hinterließ, und verließ langsam den Raum, ohne sich nochmals umzublicken. Draußen schloss er sorgfältig die Tür ab, verstaute den Schlüssel in seiner Hosentasche und schlurfte zur Küche. Seine Frau saß am Tisch und sah auf, als er die Tür öffnete. Er blickte sie an und meinte, sich nun hinlegen zu müssen, er sei müde, sehr müde sogar. Sie nickte, und bevor er sich umdrehte, um zum Schlafzimmer zu gehen und sich ins Bett zu legen, sagte Gsellmann:

„Die Maschine ist jetzt fertig. Ihr könnt damit machen, was ihr wollt.“

Franz Gsellmann

13. Mai 1910 – Geburt in Kaag, Gemeinde Edelsbach, Oststeiermark, Österreich.

1924 – Offizielle Beendigung der Schule, arbeitet als Landwirt am elterlichen Hof.

1926 bis 1929 – Bau eines kleinen Marienaltars.

1937 – Heirat mit der 6 Jahre älteren Magd Mathilde; Übernahme des elterlichen Hofes.

1938 – Geburt des Sohnes Franz.

1940 – Geburt der Tochter Mathilde.

1941 – Einberufung als Aushilfsarbeiter in die Werkstätten der Armeelastwagen in die Nähe von Berlin; nach etwas mehr als einem Jahr entlassen.

1957 – Im Traum erscheint Gsellmann 30 Minuten lang seine selbstgebaute Maschine.

5. Oktober 1958 – Anblick des Atomiums als Abbildung in einer Zeitung, darauffolgende Fahrt nach Brüssel (7.10.), Ankunft, Besichtigung des Atomiums und Rückfahrt (8.10.), Tod des Papstes Pius XII., Ankunft in Kaag (9.10.). Beginn mit dem Bau der Maschine, mit einem nachgebauten Atomium als Fundament (10.10.).

1968 – Heirat des Sohnes mit Maria, Einzug der Schwiegertochter, Umbau des Hauses, Umzug der Maschine in den neuen Raum.

1969 – Hälfte der Bauzeit, Montage des Sinnspruchs „Mit Müch und Blarg harb ich gebaut…“.

1972 – 1. Zeitungsartikel über Gsellmann und seine Wundermaschine

1973 – 1. Fernsehdokumentation über Gsellmanns Wundermaschine, Geburt des Enkels Franz.

1978 – Fernsehdokumentation über das Treffen mit dem Schweizer Maschinenkünstler Bernhard Luginbühl bei der Weltmaschine.

1979 – 1. ausländische Fernsehdokumentation über Gsellmanns Weltmaschine.

1980 – Tödlicher Unfall des Sohnes. Dreharbeiten für den Spielfilm „Die Weltmaschine“ am Hof in Kaag, Statistenrolle.

1981 – Prostataoperation, Gsellmann tätigt die letzten Handgriffe an seiner Weltmaschine, erklärt sie für fertig und stirbt am 2. Juli.

Dank für ihre weltmaschinigliche Unterstützung gebührt:

Walter Beilhack, Alfred Buchgraber, Helga & Josef Buchgraber, Sigrid Diebold, Ilke Froyen, Maria Gsellmann, Franz Gsellmann jr., Hans Hugo Haugsohn, Heidelinde & Peter Hiess, Horst Hussel, Piet Joostens, Hartmut Kammerer, Franz Killmeyer, Richard Kitzmüller, Elisabeth Mixa, Dorothea Melanie Moick, Seraphine Pfingstl, Astrid Poier-Bernhard, Andreas Rötzer, Het Beschrijf – Passa Porta, Tourismusverband Edelsbach, etlichen Edelsbacher Einheimischen, die ungenannt bleiben; sowie ganz besonders: Gsellmanns Weltmaschine (Kaag 12, A-8332 Edelsbach; www.weltmaschine.at).

Der Weltmaschinenroman wurde im Frühjahr 2008 während eines Aufenthaltes als „Writer-in-Residence“ in der Gastwohnung des Internationalen Literaturhauses Passa Porta in Brüssel überarbeitet; vorherige Recherchen ebenda bereits 2006 getätigt, während eines Aufenthalts in der Villa Hellebosch in Vollezele, im Rahmen des Programms „Residences in Flanders and Brussels“, auf Einladung von Het Beschrijf und dem Kulturdepartment der Flämischen Gemeinschaft in Belgien.

Den Aufenthalt in Edelsbach im Herbst 2007 förderten der dortige Tourismusverband, Bürgermeister Alfred Buchgraber, Gasthof Buchgraber und Franz Gsellmann jr.

Vollezele, Edelsbach, Brüssel, Berlin; 2006/2007/2008.

Die Illustrationen wurden von Horst Hussel eigens für den Weltmaschinenroman angefertigt, das Copyright für die Fotografien liegt bei der Weltmaschine.

Erste Auflage 2008

Göhrener Str. 7, 10437 Berlin, info@matthes-seitz-berlin.de

Umschlaggestaltung und Illustration: Falk Nordmann, Berlin
Gestaltung und Satz: Tropen Studios, Leipzig
Druck und Bindung: CPI Moravia, Czech Republic

ISBN 978-3-88221-729-2

www.matthes-seitz-berlin.de